곧,

어른의
시간이
시작된다

백영옥
산문집

곤,

어른의
시간이
시작된다

나무의철학

일러두기

1 이 책은 2012년 출간된 《곧, 어른의 시간이 시작된다》의 개정판입니다.

2 단행본은 《 》, 시와 노래 제목, 영화 제목 등은 〈 〉로 표기했습니다.

3 주요 인명의 외래어 표기는 국립국어원의 규정을 따르되, 일부는 출간된 책의 표기법을 따랐습니다.

4 저작권 허락을 받지 못한 일부 인용 구절에 대해서는 추후 저작권이 확인되는 대로 절차에 따라 계약을
   맺고 합당한 저작권료를 지불하겠습니다.

나는 눈에 보이지 않는 풍경들 속에서도
낡아가는 시간의 주름들을 본다

그리고 생각한다

눈에 보일 리 없는 것들이 눈에 보이고
귀에 들릴 리 없는 것들이 들리기 시작하면

곧 어른의 시간이
시작된다는 것을

10년이 지난 후

내 오랜 악몽은 무엇인가를 잃어버리는 것이었다. 공항에서 길을 잃어버리는 꿈, 학교의 복도에서 출입구를 잃고 헤매는 꿈, 지갑을 잃어버리고, 사람을 놓치는 꿈, 악몽은 늘 '잃어버리는 것'과 연관되어 있었다. 잃어버릴까 봐 나는 오랫동안 여행지에서 입을 예쁜 옷을 살 수 없는 사람이 되었다. 마음에 드는 모자나 아끼는 신발을 여행 트렁크에 넣을 수 없는 사람 말이다. 내가 가장 예뻤을 때, 나는 '잃어버려도 좋을' 옷과 낡은 모자, 헌 신발을 신은 채 사진 속에 서 있었다.

밀레니엄이 다가오던 2000년, 100년 달력을 샀다. 신문을 펼친 것보다 큰 한 장짜리 달력이었는데, 그 종이 한 장에 2001년부터 2100년까지 3만 6,500일이 빽빽이 인쇄되어 있었다. 가끔 100년 달력을 바라보며 날짜를 헤아리곤 했었다. 그때마다 내가 느낀 건 두려움이었다. 내 삶이 얼마나 남았는지 알 수 없지만 이 달력의 어딘가에는 틀림없이 나의 '부고'도 존재할 것이었기 때문이다. 그러므로 100년 달력은 오랫동안 내게 삶보다 죽음의 지표로 먼저 다가왔다. 시간이 얼마 남지 않았다는 명백한 증거물같이, 시간이 유한하다는 명확한 선언처럼.

달력 안에 이루고 싶은 것을 자주 적어 넣었다. 가고 싶은 곳, 사고 싶은 것, 하고 싶은 일, 되고 싶은 사람과 관련된 많은 것들……. 20년이 지난 어느 해 달력을 꺼냈을 때, 형광펜으로 적었던 그 빼곡한 글자들은 희미하게 변색돼 분별하기가 힘든 것도 있었다. 나는 지금도 종종 나와 함께 낡아간 그 글자들을 바라본다. 이룬 것과 이루지 못한 것들을 바라보다가, 그때의 나는 왜 이런 것을 그토록 간절히 바랐을까 의문을 가지기도 한다.

이제야 알 것 같다. 지금은 조금도 중요하지 않은 것들이, 삶의 어느 때는 너무 커 보이기도 한다는 걸. 만약 시간이 주는 지혜가 있다면 그런 것이 아니지 않겠는가란 실감을, 20년 묵은 이 100년 달력이 내게 가르쳐주었다.

코로나를 견디며 이 책의 개정판 작업을 했다. 10년 전쯤의 책이니 원고는 그 이전부터 썼던 것들이다. 원고를 고치며 10년의 세월을 통과한 내 몸과 마음이, 특히 생각이 많이 바뀌었다는 걸 깨달았다. 개정改正이라는 한자는 바르게 고친다는 뜻이다. 과연 원고를 10년 만에 고치며 살피니, 내 생각 이외에 세상의 기준 또한 많이 달라져 고쳐야 할 것이 많았다. 그렇다고 당시 내가 품었던 생각이 틀렸다는 건 아니다. 그것은 옳고 그름의 문제라기보다 나를 둘러싼 세상의 변화에 가까웠고, 나아가 그 세상의 시공간을 통과한 내가 바뀌었다는 뜻이었다.

짧게는 일이년, 길게는 몇 십 년 만에 우연히 지인을 만나게 될 때가 있다. 예전에는 누구보다 멋있고 큰 사람으로 우러러보던 존재가 그때의 그 사람이 아니라 당황스러운 경우도 있고, 반대로 그때는 몰랐으나 가까이에서 다시 보니 내적으로 외적으로 닮고 싶은 사람이 되어 나타나는 경우도 있다. 뒤바뀐 판단의 이유는 물론 상대의 영향도 있다. 하지만 내 시선과 기준이 과거에 머물지 않은 이유가 더 크다.

시간은 많은 걸 바꾼다. 세월을 비껴 변함없이 한결같은 사람이 있는 반면, 세월을 그대로 관통해 몸과 마음에 진한 삶의 무늬가 새겨진 사람도 있다. 살아보니 변해서 좋은 때도 있고, 변하지 않아서 좋은 경우도 있다. 나라면 어떨까. 변해서 좋은 사람이고 싶다. 바람이 불면 낭창이고, 길이 구부러지면 굽은 대로 걸어가고, 무엇보다 모르는 게 있으면 모른다고 말할 줄 아는 유연하고 부드러운 사람으로 남고 싶다.

청춘은 이제 내게 돌이키고 싶은 과거가 아니다. 노안 때문에 책 읽기가 다소 불편해지고, 오래 앉아 있으면 좌골 신경통에 어김없이 다리가 저릿한 지금의 내가, 나는 감히 더 좋다. 안경을 벗으면 글자가 더 잘 보이는 당혹스러움이, 허리가 아파서 오래 작업할 수 없어 더 자주 걷게 된 지금이 싫지 않다. 10년 후의 지금을 늙었다기보다 낡았다 부르며 가죽이나 와인, 남편처럼 낡아가며 애틋하게 아름다워지는 것들의 이름을 호명하게 된다.

그러니 10년 전 이 책을 읽고 내게 위안받았노라 말하던 그 수줍은 청춘의 눈빛들이 지금을 그리 슬퍼하지 않았으면 한다. 나이테 같은 그 묵묵한 시간들이 보이지 않던 것을 보고, 들리지 않던 많은 것을 듣게 한 것이다. 꽃피는 4월도 아름답지만 낡아가는 나무가 떨군 10월의 단풍과 낙엽도 좋다. 그것이 내가 청춘을 그리워하나 돌아가고 싶지 않다고 말하는 이유다.

잃어버릴 것이 두려워 가장 좋아하는 것들을 여행 트렁크에 넣어 가지 못하던 시절의 내가 가끔 떠오른다. 내가 가장 예뻤을 때, 가장 추레한 옷을 입은 채 웃고 있던 내 어린 날의 모습 말이다. 잃어버릴 걸 그토록 대비했지만 나는 결국 세상에서 가장 아끼던 선글라스와 모자를 잃어버렸다. 희미하게 붉은 빛이 돌던 그 선글라스를 통해 바라본 수많은 세상과 시간을 한 번에 도둑맞은 기분이었다.

하지만 이제 잃어버린 것은 잃어버린 채로 기억한다. 떠나간 것은 떠나간 대로 추억한다. 언젠가 쓸 것을 대비해 여기저기 쟁여두던 마음이 실은 내 안의 두려움이란 것 역시 알아간다. 한 번 가진 것에 대한 유난한 애착이 청춘의 나를 얼마나 얽매게 했는지 조금씩 배운다. 그러므로 이제 가장 좋아하는 향수와 모자를 트렁크에 넣고, 먼 길을 떠나기 전 새로 산 운동화의 끈을 단단히 묶는다.

　내가 가장 예뻤던 시절은 이미 지나가버렸지만
　가장 좋아하는 옷을 입고 있는 지금의 내가 괜찮다고 생각하
면서.

2021년 5월
백영옥

봄날은 간다.

사람들은 대개 회한에 찬 얼굴로 그것을 '청춘'이라고 부르는 모양인데 나는
그토록 혼란스럽고 난폭하고 무지했던 그 시절로 되돌아가고 싶은 생각이 없
었다. 아마도 그런 건 아닐까. '너무 아픈 사랑은 사랑이 아니었음을'이라고 노
래한 김광석의 말처럼 너무 아픈 청춘 역시 청춘이 아닌 내가 모르는 다른 것
이었을 가능성……

서른아홉,
나의 삼십대가 저물어간다

소설가 김연수가 김천의 빵집 아들이라는 사실을《내가 아직 아이였을 때》를 읽고 알았다. '평생 사서 먹을 빵보다 더 많은 빵을 그냥 집어먹으며 자랐다'는 것도 말이다.《청춘의 문장들》을 읽을 때 그가 쓴 이 문장에 밑줄을 그었다. "빵은 둥글고 부드럽고 누르면 어느 정도 들어간다. 그런 점에서 그의 본성은 빵의 영향을 받았다." 그리고 삼십 대 초반에 찍었을 안경을 쓰고 활짝 웃고 있는 그의 어린 얼굴을 들여다보았다. 지금이라면 이런 사진을 쓰지 않았을 거라고 거의 확신하면서.

책을 읽을 때, 작가의 프로필을 가장 먼저 본다. 그것이 대개 내가 책 한 권을 읽는 일상적인 방법의 시작이다. 하지만《청춘의 문장들》은 표지에 적힌 프로필을 가장 나중에 읽었다. 예외적이었다.

그가 좋아하는 것은 "낯선 지방의 음식, 그리스인 조르바, 나이가 많은 나무, 육안으로 볼 수 있는 별자리, 중국어로 읽는 당나라 시, 겨울의 서귀포와 봄의 통영과 여름의 경주, 달리기." 그가 싫어하는 것은 "소문을 알리는 전화, 죽고 싶다는 말, 누군가 울고 있는 술자리, 오랫동안 고민하는 일." 지극히 사적인 작가의 프로필을 읽다가 피식, 웃었다. 누군가 울고 있는 술자리에 언젠가 그와 내가 동석한 적이 있었기 때문이었다. 누군가 우는 그 사람이 나였다는 사실을 떠올리자 꽤 민망해졌다.

그해, 나는 첫 장편소설을 썼다. 큰 상을 받았다. 상금이 1억이나 되는 상이었다. 2008년 봄, 책이 정신없이 팔리기 시작했고 곧 드라마화 될 거란 기사가 떴다. 상의 권위만큼 논란거리가 많은 문제작이었다. 젊은 작가가 쓴 데뷔작이 호불호가 분명한 논란작으로 불릴 수 있다는 걸 모르는 바 아니었다. 하지만 그게 내가 쓴 소설이 될 거라고는 한 번도 상상해본 적이 없었다.

내가 쓴 소설 《스타일》의 독자 리뷰를 보는 건 안전 손잡이 없이 24시간 운행되는 롤러코스터를 타는 기분이었다. '끌어안고 자고 싶을 만한 최고의 소설' 옆에는 '내 인생 최악의 소설'이라는 리뷰가 샴쌍둥이처럼 달라붙어 있었다. 초현실적이라거나 비현실적이란 말을 현실에 갖다 붙일 수 있다면 그때가 그랬다. 나는 삼류 작가가 제멋대로 휘갈겨 쓴 소설 속의 오타 같았다. 소설이 아니라, 그것을 쓴 작가가 잡초처럼 뿌리째 뽑혀 짓이겨질 수도 있다는 걸 그때 처음 알았다.

학교를 졸업하고 취직한 이후, 나는 대부분 누군가를 인터뷰하는 사람이었다. 그런데 어느 순간 누군가가 나를 '인터뷰'하고 있었다. 기사 속의 나는 내가 말한 것과 다른 이야길 하고 있었다. 맥락이 사라지면 어떤 글이 탄생하는지 그때, 목격했다.

가령 '다르다'와 '틀리다'라는 동사를 구별 없이 섞어 쓰면 발생하는 폭력적인 단어 착종 현상이나, '세상과 통한다'라는 뜻을 가진 통속通俗의 본래 의미를 이야기하다가 단어 오염 현상에 대해 얘길 하면, 기사의 헤드라인은 앞뒤 맥락이 잘린 채 〈백영옥 "나는 통속작가다!"〉라고 보도되어 나가는 식이었다. 덜컥 겁이 났다. 매체의 속성을 모르는 게 아닌데도 두려웠다. 기자 시절 무턱대고 써댔던 무수한 기사들이 떠올랐다. 내게 인터뷰 당했던 모든 사람들에게 사과의 편지를 써야 할 것 같은 불명의 밤들이 이어졌다.

어느 날, 메일을 썼다. '스스로 그렇다고 믿는 자기 확신으로, 나만의 문장을 위해 가끔 당신의 생각을 삭제하고 희생시켰다. 죄송하다.' 뭐, 되도 않는 말을 끄적거리다 지우길 반복했다. 하지만 실제로 몇몇에겐 용기를 내어 비슷한 말을 꺼내기도 했다. 그런 얘길 꺼낸 밤이면 사는 게 문득 고단하고 슬퍼져 마시지 못하는 독주를 홀짝거렸다.

일산의 한 술집에서 좋아하는 편집자에게 나는 술기운에 그런 얘길 하고 있었던 것 같다. 남들은 성공이라고 부르는 어떤 실패에 대해서. 간간이 흐르는 침묵을 참지 못해 나는 주워 담지 못할 이런저런 말들을 쏟아내고 있었다. 그때 그녀가 나를 꼭 끌어안아주었기 때문에 나도 모르게 울어버렸다. 넘어져 무릎이 깨진 아이처럼. 마스카라 때문에 검은 눈물이 뚝뚝 떨어져 내렸다. 그녀는 내 얼굴의 눈물을 손으로 닦아주었다. 고마운 마음에 집으로 돌아가 그 밤 그녀에게 긴 편지를 썼다. 물론 보내기 전에 몽땅 지워버렸지만.

누군가 울고 있는 술자리를 정말 싫어한 건 나 자신이었다. 바로 그 술자리에 내가 있었다는 게 말할 수 없이 창피해지는 밤이었다. 일산 정발산동의 그 밤을 기억하고 있었으므로 나는 김연수의 '싫어하는 것'들의 목록 앞에서 어깨가 들썩이도록 웃었다. 한때는 눈물 없이는 말할 수 없던 이야기를 덤덤히 웃으며 얘기할 수 있다는 건, 어쨌든 근사한 일이다. 그렇게 나는 점점 나의 상처를 남 말 하듯 얘기할 수 있게 되었다.

◇◇◇◇◇◇

오래전 함께 있던 몇몇에게 좋아하는 것과 싫어하는 것에 대해 물었다. 연극 연출가와 독립영화 감독, 사진작가, 막 등단해 대중문화 평론을 시작한 후배와 오랫동안 동화책을 써온 작가 앞이었다. 나는 조용히 그들이 들려주는 이야기를 경청했다.

뉴욕에서 공부했던 후배가 가장 싫어하는 건 꼬리가 긴 쥐.

곧, 어른의 시간이 시작된다

그가 진지한 얼굴로 "쥐!"라고 힘주어 말할 때 나는 지루한 정치 토론 프로그램에 앉아 있던 방청객처럼 혼자 크게 웃었다. 하지만 그가 내 얼굴을 빤히 바라보며 "벽장 어딘가에 갇힌 쥐가 죽어서 썩어가는 냄새 맡아본 적 있어요?"라고 말할 때, 그것이 손가락 하나 집어넣을 틈 없이 벽과 벽이 딱 달라붙어 있는 브루클린의 오래된 건물과 관련되었다는 걸 깨닫고 고개를 끄덕였다. 잘못된 시공으로 바닥이 미세하게 기울어져 연필을 놓으면 또르르르 굴러가는 수백 년 된 건물에서 주인에게 한 번 버려진 고양이와 살다 보면, 외로움의 각도도 그렇게 어김없이 기울어져버릴지 모른다고 생각하면서.

"뉴욕은 최첨단이기도 했다가 어떨 땐 1970년대로 회귀하는 것 같아요. 몇 백 년 된 나무 집에서 우당탕탕 쥐들이 뛰어다니고, 침대 밑에 숨은 벼룩에게 온몸을 줄줄이 뜯기고, 벨을 누르고 도망가는 황당한 장난을 하는 사람들도 여전히 많고."

그의 얘길 듣다가 내가 가진 뉴욕의 인상을 조금 수정했다. 극성스런 쥐. 박음질하듯 사람을 물어뜯는 벼룩. 벨을 누르고 도망가는 1970년대식 장난.

내가 좋아하는 것보다 싫어하는 것에 더 관심을 가지게 된 건, 실패의 연속이었던 내 이십 대와 관련이 있다. 이십 대의 첫 관문, 학력고사 마지막 세대였던 나는 대학의 첫 입시에 실패하고 사람들이 '후기대학'이라고 명명한 대학에 들어갔다. 누구나 실패한다는 첫사랑에도 보란 듯이 실패했다. 태어나서 딱 두 번 미팅이란 걸 했는데, 첫 미팅 때 보았던 경찰행정학과 출신의 남자애가(유도와 검도 유단자였는데!) 어찌나 쑥스러워하던지 역시 실패했다. 첫 신춘문예에도 떨어졌고, 직장에 들어가기 위해 넣은 이력서는 줄줄이 쓰레기통행이었다. 태어나서 처음 좋아한 남자가 태어나서 가장 좋아했던 친구와 연애를 시작한 건 내 이십 대 실패의 연대기에 길이 남을 화룡점정이었다. 나는 김건모의 〈잘못된 만남〉이 울려 퍼지던 강남역 사거리와 연인을 기다리는 사람들로 가득 찬 뉴욕제과를 저주했었다.

신촌의 여자 대학교를 다니던 한 살 터울의 동생이 주말 없이 연애하는 동안, 나는 줄곧 도서관에 처박혀 사랑과 절망에 관한 책만 읽었다. 학교 도서관 사서로 아르바이트하며 책으로 뒤덮인 서가 주위를 맴돌았고, 책들의 분류표를 작성하는 틈틈이 캠퍼스 커플들의 애정 행각을 훔쳐보며 커플들의 인상평을 남기곤 했다. 망하기 8개월 전의 동네 비디오 가게 점원으로 일했고, 망하기 5개월 전의 게임 회사에 들어가 게임 시나리오를 썼고, 망하기 1년 전 잡지사에 글을 기고했다가 돈을 떼이기도 했다.

내가 어떤 가게를 좋아하기 시작하면 그 가게는 1년 안에 망했다. 절대 망할 것 같지 않던 강남 고속버스터미널의 단골 극장과 한가람 문고가 망했을 때는 그야말로 망연자실했다. 친구들은 내가 가진 몹쓸 취향이 가게 폐업을 부른다고 놀려댔다. 그러니 연애인들 잘 될 리 없었다. 타석에 열 번 들어서면 안타를 두 번 칠까말까 한, 1할 2푼 5리의 승률. 프로야구 역사상 길이길이 남을 만년 꼴찌 삼미 슈퍼스타즈의 승률보다 내 연애의 승률은 훨씬 더 낮았다.

사람들은 대개 회한에 찬 얼굴로 그런 실패의 역사를 청춘이라고 부르는 모양인데, 나는 그토록 혼란스럽고 난폭하고 무지했던 그 시절로 되돌아가고 싶은 생각이 없었다. 아마도 그런 거 아닐까. '너무 아픈 사랑은 사랑이 아니었음을'이라고 노래한 김광석의 말처럼 너무 아픈 청춘 역시 청춘이 아닌 내가 모르는 다른 것이었을 가능성. 그러므로 김천 촌구석의 수재로 태어나 서울로 유학 온 김연수가 '정릉'이나 '명륜동'의 풍경을 그리며 말하는 모습을 보면 아련함이 먼저 밀려온다.

내가 기억하는 청춘이란 그런 장면이다. 겨울에서 봄으로 넘어가는 애매한 계절이고, 창문 너머로는 북악 스카이웨이의 불빛들이 보이고 우리는 저마다 다른 이유로, 다른 일들을 생각하며, 하지만 함께 김광석의 노래를 합창한다. 잊어야 한다면 잊혀지면 좋겠어. 부질없는 아픔과 이별할 수 있도록. 잊어야 한다면 잊혀지면 좋겠어. 다시 돌아올 수 없는 그대를. 하지만 과연 잊을 수 있을까? 그래서 내 기억 속 그 정릉집의 모습은 거대한 물음표와 함께 남아 있다. 그건 아마도 청춘의 가장 위대한 물음표이지 싶다.

김연수, 《청춘의 문장들》, 마음산책, 2004

인생의 '정류장 같은 나이'를 살던 서울 정릉집의 하숙생들이 요절한 김광석의 노래를 부르는 장면을 떠올리면, 어느새 나 역시 사연 많은 여자처럼 눈빛이 깊어진다. 이십 대 중반에서 서른 초반 사이의 사람들. 그야말로 "인생의 정거장 같은 나이. 누군가를 늘 새로 만나고 또 떠나보내는 데 익숙해져야만 하는 나이. 옛 가족은 떠났으나 새 가족은 이루지 못한 나이. 그 누구와도 가족처럼 지낼 수 있으나 다음 날이면 남남처럼 헤어질 수 있는 나이. 자신이 얼마나 반짝이는지 알 리 없는 나이, 그래서 불안하고 불길하고 말할 수 없이 고독해지는 나이."

김연수의 에세이 《청춘의 문장들》을 읽다가, 나는 제일 처음 이런 문장들에 밑줄을 그었다. 시말서의 마지막 문장을 어떻게 써야 하는지 고민하던 저녁, 마감으로 야근이 지속되던 밤, 취객으로 북적이는 마지막 지하철에 지친 몸을 싣던 그 순간 "사이에 있는 것들, 쉽게 바뀌는 것들, 덧없이 사라지는 것들이 여전히 내 마음을 잡아끈다. 내게도 꿈이라는 게 몇 개 있다. 그중 하나는 마음을 잡아끄는 그 절실함을 문장으로 옮기는 일"이라 눌러 쓴 그의 말을 되씹었었다. 끝내 사라져가는 것처럼 보이던 소설가가 되고 싶다는 나의 오랜 꿈과 잘못된 것투성이로 보이던 내 청춘에 대해 묵상하면서.

그의 말처럼 청춘은 들고양이처럼 재빨리 지나가고 그 그림자는 오래도록 영혼에 그늘을 드리우는 걸까. 저무는 하늘 위에 찢어진 연처럼 걸린 구름 하나를 바라보았다. 오월이면 학교 축제 때 와서 〈사랑했지만〉을 목놓아 부르던 김광석의 순하게 주름진 얼굴이 떠올랐다. 그토록 아름답게 노래 부르던 남자보다 내가 훨씬 더 오래 살았다는 게 못 견디게 싫은 저녁 무렵이었다.

학생 시절 김연수의 학교가 있던 명륜동에서, 어린 내가 다니

　곧, 어른의 시간이 시작된다

던 첫 직장이 있던 그곳에서, 나는 《청춘의 문장들》을 옆구리에 낀 채 동네 주위를 걷고 또 걸었다. 그리고 마침내 도착한 '동양 서림'에서 이성복의 시집과 〈보그〉를 한 권씩 샀다. 그의 청춘과 나의 청춘이 다르지 않음을 안도하거나, 그의 청춘이 나의 청춘과 너무 다름에 내심 안심하면서. 그날 유독 물기 있는 바람이 많이 불었던 까닭은 내 마음속에서 계속 바람이 불고 있었기 때문이었다.

청춘이 스러진다. 서른 살 내내 누군가 좋아하는 것보다 싫어하는 것에 크게 관심을 기울이던 내가, 마흔이 넘고 쉰을 넘으면 사람들이 좋아하는 것에 더 귀 기울일 수 있을까. 나의 옛 친구가 좋아하는 건 눈이 쏟아진 뒤 드물게 빨간 하늘. 눈이 오면 하늘이 빨개진다는 말을 한 번도 들어본 적 없던 나는 "그럴 리가!"라고 반문했었다. 하지만 어김없이 올해도 겨울이 오고 눈이 내리면 문득 하늘을 올려다보며 하늘의 색깔을 헤아리고 있을 것 같다. 하늘이 정말 빨개지는지. 잔뜩 울고 난 후 충혈된 눈처럼 발갛게 서글퍼지는지. 싫어하는 것이 아니라 누군가 좋아하는 것을 생각하는 나이에 대해 생각하면서.

그러다 문득 도달하게 된 내 나이가 편안했으면 좋겠다. 청춘이 들고양이처럼 빠르게 지나가버린 걸, 그리 슬퍼하지 않았으면.

이미 사표를 던졌고, 통장 잔고는 0을 향하고 있었다

김애란의 단편 〈도도한 생활〉을 읽었다. 반지하방에 살며 등록금을 마련하기 위해 햇볕 대신 "까맣게 졸아붙은 캘리포니아 햇빛을 씹어 먹는 기분이 드는 건포도"를 씹으며 타이핑을 치는 스무 살 여자아이의 이야기였다. 도도하지 않은, 절대 도도할 수 없는 삶을 얘기하는 이 소설은 피아노의 가장 낮은 음인 '도'를 이렇게 노래하고 있다.

세상 사람들은 가끔 아무도 모르게 도- 도- 하고 우는 것은 아닐까……. 사람들은 저마다 자기도 모르게 까닭 없이 낼 수 있는 음 하나 정도는 갖고 태어나는 게 아닐까……. 어쩌다 어릴 때 음악

곧, 어른의 시간이 시작된다

따윌 배워 그 울음의 이름을 알게 됐으니, 조금은 나도 시대의 풍
문에 빚지고 있는지도 모르겠다"라고.

그리고 손끝에서 돌아나던 눅눅한 음표 '도'에 대한 자신의 마음
을 살포시 내려놓는다.

"나는 용기 내어 손가락에 힘을 주었다. '도…….' 도는 방 안에
갇힌 나방처럼 긴 선을 그리며 오래오래 날아다녔다. 나는 그 소
리가 아름답다고 생각했다.

김애란, 《침이 고인다》, 문학과지성사, 2007

소설에 배경음악이 있다면 〈도도한 생활〉의 배경음악으로
주인공이 피아노 학원에서 열심히 배우는 헨델이나 베토벤이
어울릴 리 없다. '헨델 없는 헨델방'에서 피아노를 치는 주인공
이나, 밀가루 가루가 폴폴 날리는 엄마의 만두 가게 안에 있기
엔 어울리지 않는 넝쿨포도가 양각된 생뚱맞게 아름다운 피아
노처럼 말이다.

더 이상 피아노를 치지 않는 주인공이 자신의 반지하방에 무
거운 피아노를 옮기는 장면에서부터 내 머릿속엔 자꾸 이 노래
가 맴돌았다. 〈힘내요, 노량진 박〉. 스스로 자신을 '유기농펑크
포크'의 창시자라 말하던 가수 '사이'는(가수 '싸이'가 아니다!) 충
북 괴산에 살고 있다고 했다. 그가 열심히 앨범을 팔아 음질 좋
은 2집을 녹음하는 것이 소원이라고 말한 인터뷰 기사를 어디
선가 본 적이 있었다.

〈힘내요, 노량진 박〉을 들으며 〈도도한 생활〉의 여자아이를

떠올린 건 우연이었다. 내 눈앞엔, 어느새 창문이 있어도 햇빛이 들어오지 않는 반지하방과 창문이 없어 햇빛이 들어오지 않는 고시원이 나란히 그려졌다. 나는 소설 속 문장 사이에 쉼표와 느낌표가 등장할 때마다 스스로에게 주문을 걸듯 웅얼댔다. 힘내요, 노량진 박.

서울의 하늘은 참 맑아
내 추리닝 바지는 꼬질꼬질
나는 왜 고향을 떠나와 차가운 주먹밥을 먹나

흰 벽에 창문을 그려본다
저기 갈매기 떼가 날 부르는 것만 같아
어머니의 목소리도 들려
한 평짜리 나의 꿈, 나의 우주

힘내요, 노량진 박
당신 아직 젊지 않수?
힘내요, 노량진 박
네버, 네버 기브업

이 노래를 처음 들은 건 FM이 흘러나오는 심야버스 안에서였다. 웃기는 노래라고 생각하다가 후렴구에서 코끝이 찡해져 버렸다. 가끔 이유 없이 혼자 노량진에 갈 때가 있다. 버스를 타고 흑석동을 지나 한강대교를 스치듯 지나가면 학원 간판이 번쩍거리는 그곳에 내려 김 가루를 잔뜩 묻힌 폭탄 주먹밥을 먹으며 돌아다니곤 했다.

그러니까 내게도 회사를 그만두면 뭘 할까, 골똘하던 때가 있었다. 첫 번째 직장을 때려치우고 한동안 요리학원을 다니기도 했고, 두 번째 직장을 포기하고 제풀에 꺾여 쓰다 만 석사 논문을 마무리하기도 했다. 아주 잠시 일했던 세 번째 직장을 그만두고는 한동안 거리 귀신이 들린 것처럼 서울의 골목들을 쏘다녔다. 일 못한다고 구박하던 상사, 몇 달간 열심히 준비한 프로젝트를 빼앗겼던 억울함, 아니꼬운 인간들 앞에서 내내 웃으며 생겼던 스마일 증후군, 직장생활 6년 차쯤이었다. 누군가는 사표를 내고 긴 여행을 떠나거나, 직업을 바꾸거나, 백수가 되거나, 결혼을 하는 나이. 애매하게 불안하고, 불안해서 신경질적이고, 터무니없이 자신에게 화가 나고 다시 두려워지는 나이.

그때 길을 걷다가 문득 떠오른 일은 손바닥만한 팬케이크를 구워 파는 작은 카페를 차리거나, 소박한 밥을 만들어 파는 일곱 평짜리 식당을 내는 것이었다. 빨강머리 앤의 얼굴이 수놓인 무릎담요가 있고 겨울에는 하트 모양의 마시멜로가 둥둥 떠다니는 따뜻한 코코아를, 여름에는 투명하고 사각사각한 얼음이 잔뜩 들어 있는 아이스커피를 파는 곳이었으면 좋겠다고 생각했다. 야근을 거듭하던 즈음의 여름, 친하게 지내던 요리사가 운영하던 신사동의 쿠킹 스튜디오에서 심각한 얼굴로 민트 초

코칩과 살구잼 쿠키, 블루베리 무스케이크를 만드는 법을 배우기도 했다.

　내성적이지만 발걸음이 명랑한 리트리버 한 마리를 키워야겠다고 생각했다. 세상에서 가장 좋아하는 4월의 나뭇잎색을 닮은 그 아이의 이름을 '연두'라고 지어야겠다고 결심했다. 쿠키를 굽고, 빵을 만들고, 열심히 설거지를 하고, 드립 커피를 내리는 짬짬이 읽고 싶었지만 도저히 시간이 나지 않아 읽지 못했던 책들을 읽어야겠다고 생각했다. 책을 읽는 족족 리뷰를 써서 인터넷 서점의 리뷰 왕이 된다면 책을 읽는 즐거움도 커질 것이라 상상하면서.

　카페를 차린다면 똑같은 커피 잔은 하나도 사지 않고 전부 다른 잔에 커피를 내주겠다고, 오늘의 커피가 있듯 오늘의 음악이 있어야 한다고, 그래서 가게의 맥박을 손님들이 느낄 수 있도록 해야겠다고 부푼 꿈을 꿨었다. 이런 상상은 사표를 쓰고 싶을 때마다 가슴이 두근거릴 정도로 생생히 그려지곤 했는데, 그래서 한때 여행을 가거나 일 때문에 다른 도시에 가게 되면 머그잔과 커피 잔을 광적으로 사 모으기도 했다.

　실제로 내 주변의 몇몇은 사표를 낸 후 다른 직업을 가지기도 했다. 뜬금없이 가시가 많이 달린 아름다운 꽃을 만지는 여자가 되기도 했고, 테이블 세 개짜리 밥집 주인이 되기도 했으며, 천장에 선풍기가 달린 카페의 주인이 되기도 했다. 자신이 정신 노동에 매몰되어 있다고 믿던 한 후배는 다니던 잡지사를 그만두고 '배스킨라빈스 31' 매장에서 1년 동안 아이스크림 퍼주는 일을 했다. 내 주위 친구들이 이렇게 뜬금없다는 걸 알고 난 후, 내심 안도했었다. 그러니까 지금 내가 하려는 이 미친 짓들이 결코 나한테만 해당되는 건 아니라는 뜨거운 동지애를 확인했기 때문에…… 덜 외로웠고, 조금만 추웠다.

책을 좋아했던 한 후배는 대학가 골목 깊숙이 북카페를 차렸고, 약속했던 대로 나는 그녀에게 두 권씩 있거나 오랫동안 읽지 않은 여러 권의 책을 기증했다. 그중엔 시공사의 디스커버리 총서와 네버랜드 그림책 시리즈도 포함되어 있었다. 한때 내가 열심히 일했던 회사에서 만든 사랑스런 책들이었다. 여기저기 쌓여 있던 책과 잡지들을 정리하며 생각했다. 돌이켜보니 내 청춘은 그런 거였다고.

한 권의 책에서 시작해서, 책으로 끝나는 삶.
어쨌든,
그런 청춘.

◇◇◇◇◇

한때 내가 패션지의 레스토랑 담당 기자였다는 이유만으로 친구들이 나를 부러워하던 때가 있었다. "넌 맛있다고 하는 집들의 음식은 실컷 먹어볼 수 있으니 얼마나 좋아! 남들은 돈 주고도 못 먹는 걸 먹는다며?"라는 것이 부러움의 핵심이었다. 하지만 그건 《씨네21》 기자가 원빈이나 현빈과 친구가 될 수 있는 확률만큼이나 비현실적인 이야기이기도 해서, 나는 구구절절이 일의 어려움에 대해 말하는 걸 지레 포기하곤 했다.

언젠가 이런 글을 쓴 적이 있다. 내가 아는 어떤 요리사가 가장 좋아하는 음식은 라면이라고. 믿거나 말거나 먹는 것의 괴로움에 대한 얘기라면 음식 평론가가 가장 그럴 듯한 얘길 들려줄 수 있을 거라고 말이다. 나로 말하면, 취재를 위해 식당을 들락거리며 종일 산해진미를 먹다 보면 속이 더부룩해져 소화제를 먹고 화장실까지 들락거리는 게 일이었다. 게다가 음식 사진을 촬영하고 난 후 먹는 식은 음식의 맛은 정말 기억하고 싶지 않았다. 대부분의 음식은 만들자마자 먹어야 가장 맛있기 때문이다. 정확히 말해 나는 '식은 음식 먹기의 달인'이었다. 식어서 질겨진 스테이크, 불어터진 평양냉면, 기름이 굳어 하얀 몽울이 생긴 차가운 설렁탕과 갈비탕의 추억.

내가 아는 누군가는 여행을 가면 늘 그 도시에서 가장 좋은 식당에 성장을 한 채 찾아가는 걸 의식처럼 여긴다. 식당에서 호텔로 돌아오는 길에는 반드시 택시를 탄다고도 했다. 반면 나는 어느 도시를 가든 가장 허름해 보이는 식당에서 밥을 먹곤 했다. 1994년 동생과 배낭여행을 하며 베를린의 슈퍼마켓과 구멍가게 들을 뒤지다가 우유로 착각해 500리터짜리 생크림 반 통을 혼자서 먹어치운 적도 있었다.

언젠가 신문에 천 원에 열 개짜리 붕어빵 얘기를 썼다가 담당 기자에게 항의를 받은 적도 있었다. 기자는 그런 붕어빵 가게가 있다는 걸 도무지 믿지 않는 눈치였다. 하지만 서울의 뒷골목 여기저기를 돌아다니다 보면 엄청나게 시끄럽고 믿을 수 없이 싸고 재밌는 가게들이 하나쯤은 있게 마련이다.

사실 일 때문에 좋은 레스토랑을 많이 돌아다니긴 했다. 뉴욕의 레스토랑 '다니엘'에서 근무했다는 셰프가 만든 송로버섯을 얹은 송아지 스테이크, 도쿄의 '알랭 뒤카스'에서 근무했다는 요리사가 만든 유기농 와인소스에 졸인 기름진 푸아그라, 스페인의 '엘 불리' 방식을 고수한다는 청담동의 한 레스토랑에서 내 돈 내고는 못 먹을 것 같은 분자요리를 먹기도 했다.

하지만 좋은 레스토랑을 돌아다닐수록 집밥에 대한 열망은 더 강렬해졌다. 집 간장에 집 된장으로 만든 찌개와 금방 해서 김이 모락모락 나는 맛있는 밥. 밥과 김치, 잘 구운 김 한 장이면 족한 가정식 백반. 그것은 무엇보다 바깥일을 하느라 늘 바빴던 엄마가 부엌에서 만들어준 음식에 대한 향수였다. 국물 없이 자박자박한 김 여사표 김치찌개와 커다랗게 썬 무 대신 찰기 많은 강원도 감자를 바닥에 깔고 살포시 졸인 갈치조림, 힘든 일이 생기면 언제나 달려가 먹고 싶은 엄마의 밥.

혼자 살거나 결혼한 여자들에게 세상에서 가장 맛있는 음식은 무조건 남이 해준 집밥. 남편이 아니라 아내와 결혼하고 싶다는 내 친구들의 마음은 그런 거 아닐까. 요즘은 간편식도 많이 생겼지만 집밥은 손이 많이 가는 음식들이 대부분이다. 연근이나 감자를 썻고 정리해 오랫동안 졸이거나, 콩나물이나 숙주를 물로 살짝 데쳐 나물로 무치거나, 뭉근한 불에 몇 시간이고 끓여 곰국을 만드는 일이 다 그렇다.

숙숙 무쳐 싹싹 먹는다지만, 그게 어디 '숙싹'의 일인가. 입맛 없는 여름이면 잘 익은 토마토를 데쳐 껍질을 벗기고 발사믹 소스에 절여 나만의 '토마토 홀'을 만들어 먹는데, 참 손이 많이 가는 일이다.

무라카미 하루키가 쓴 에세이를 보면 그는 오전 작업이 끝나고 오후가 되면 시장 주위를 어슬렁대며 이런저런 채소를 사고, 집으로 돌아와 꽤 정성스레 반찬을 만들어 먹는 모양이다. 하루키처럼 멋진 소설을 쓰고, 어지간해선 화도 잘 안 내는 데다가, 혼자서 요리까지 잘하는 남편을 둔 아내는 전생에 무슨 복을 지은 건가. 나와 함께 사는 남자가 측은해지는 건 이런 순간. "오늘 야근. 저녁 알아서 해결!"이라고 통보하는 것도 모자라, "저녁에 먹을 만한 거 만들어놓을 텐가? 미역 미역 미역국이라든가……"라고 푸념하는 아내와 사는 마음은 또 어떨지.

종종 시장에서 무럭무럭 김이 올라오는 두부 한 모를 사서 그것으로 한 끼를 해결한다. 두부 위에 간장을 끼얹고 깨를 뿌리면 한 끼 식사 완성. 만드는 과정이 놀랍도록 복잡하고, 강렬한 요리에 치여 사는 요즘, 그런 화려한 음식은 내게 어울리지 않는다는 생각이다.

소설가가 된 후 가장 많이 먹은 건 주먹밥이다.

간단한 반찬으로 빠르게 만들 수 있기 때문에 특히 마감이 많고 시간이 없는 날에는 주먹밥을 만들어 먹었다. 잣, 아몬드,

호두 같은 견과류를 잔뜩 넣고 졸인 멸치볶음, 꽈리고추를 함께 넣어 볶은 멸치, 콩나물이나 취나물, 고사리 같은 나물류까지……. 나는 어떤 것이든 넣어서 주먹으로 꽁꽁 뭉쳐 커다란 주먹밥을 만들었다. 김밥처럼 재료가 많아 번거롭지 않고, 예쁘고 고르게 자를 필요도 없으니 시간에 쫓겨 살던 내게 이만한 것이 없었다. 티셔츠를 뒤집어 입고 일할 정도로 바쁜 어느 날에는 쿠킹호일로 그것을 흩어지지 않게 단단히 싸서 가방 속에 넣고 다녔다.

자기 실력보다 터무니없이 높은 산을 오를 때, 따뜻한 흙 위에 소름처럼 돋아난 잔디를 밟으며 친구들과 소풍을 갈 때, 새 모이만큼 나오는 전위적인 레스토랑에서 눈은 즐겁고 위는 허전한 식사를 마치고 집에 돌아왔을 때, 나는 부엌에 서서 주먹밥을 만들어 먹었다. 마감을 하다가 어느새 끼니를 놓친 새벽 세 시에, 냉장고를 열어도 먹을 것이 하나도 없던 날, 부엌에 서서 주먹밥을 만들어 조금씩 씹어 먹었다.

봄 냄새 가득한 냉이와 아욱을 넣어 끓인 따뜻한 된장국이 있으면 금상첨화겠지만 따뜻한 보리차나 둥글레차만 있으면 주먹밥은 언제나 맛있었다. 서서 밥 먹는 일만큼 청승맞은 건 없다는 엄마의 말이 무색하게, 어쩐지 주먹밥만큼은 서서 먹어도 맛있다고 생각했다. 길을 걷다가 삼각김밥이나 주먹밥을 먹으며 걷는 사람을 마주치면 저 사람은 아주 바쁘고 참 열심히 사는 사람이구나, 친근한 마음마저 들었다. 빠르게 걸으며 바게트를 뜯는 파리지엔느나 배낭을 멘 채 샌드위치를 먹으며 걷는 뉴요커나 돈 없고 바쁜 청춘인 건 매한가지.

◇◇◇◇◇◇

〈다큐멘터리 3일〉을 열심히 보던 때가 있었다.

3일 동안 한 공간에 있는 사람들의 일상을 담아내는 소박한 다큐멘터리였다. 주로 등장하는 공간 중 하나는 노.량.진. 새벽의 노량진 수산시장도 나왔고 노량진 고시촌, 노량진 학원가 이야기도 자주 등장했다.

내게도 잠깐의 노량진 시절이 있었다.

이미 시표를 던졌고, 통장 잔고는 0을 향하고 있었다. 마지막 꿈이었던 신춘문예를 준비하겠다고 고시원을 알아보러 다녔다. 꿈이 있었다. 매번 실패한 꿈이었지만. 절박했다. 2평짜리 좁은 방에 젖은 빨래처럼 나를 처박아둘 만큼.

고시원 입구에는 지금도 잊혀지지 않는 원훈이 붙어 있었다.

"피부에 흐르는 땀은 참을 수 있지만, 평생의 수모는 참을 수 없다!"

하지만 과연 여름이 다가오자 전기세 아끼기 캠페인을 벌이던 고시원은 점점 더워졌고, 앉아만 있어도 이마와 등에서 땀이 줄줄 흘러내렸다. 다가오지 않은 평생의 수모보다 견디기 힘든 건 두드러기 같은 땀띠였다.

그곳 노량진에서 처음으로 나를 반겼던 것은 수많은 밥집이었다. 새벽 다섯 시만 돼도 문을 여는 주먹밥과 김밥집, 잘 만들어진 햄치즈 샌드위치처럼 학원 건물과 건물 사이에 끼어 있는 포장마차들, 좁다랗게 늘어선 토스트 집과 국숫집에서 내뿜는 달큰한 기름 냄새와 비릿한 멸칫국 냄새……

꼬질꼬질한 추리닝에 두꺼운 교재를 넣어 돌덩이 같던 배낭을 멘 청춘들이 밀려오고 밀려나가는 노량진에서 소설을 쓰겠다고 많이도 애썼다. 달걀프라이를 넣은 토스트를 입에 욱여넣다가 고시 준비를 하고 있는 커플과 친구처럼 말을 트기도 했다. 남자와 여자는 사시 1차를 모두 한 번과 두 번씩 합격한 터라, 도중에 그만두기도 애매해졌다고 누렇게 뜬 얼굴로 웃었다. 다시 회사에 들어가기도, 그렇다고 소설을 접기에도 애매한 나도 식빵 사이에서 삐져 나오려는 케첩을 연신 손가락으로 닦으며 웃었다.

참으로 애매한 인생. 아빠가 고향 집에서 부쳐주는 돈으로 고시원을 잡고 새벽부터 줄 서서 강의 듣는 삶. 엄마가 계를 타 몰래 찔러준 돈으로 학원 끊고 문제집 푸는 삶. 만성 변비환자처럼 얼굴이 달떠 내장 속에서 썩고 있는 단어를 밀어내려던 그때, 그런 안간힘으로 '힘내자, 될 거다, 꿈, 이루어진다' 같은 문장들은 많이도 튀어나왔다.

그해 나는 신춘문예에 떨어졌다.
다음 해에도 떨어졌고, 그다음 해에도 떨어졌다.
그러고도 한참 더 많이 떨어질 터였다.
〈케세라세라〉 같은 음악 따위 듣고 싶지도 않았다. 될 대로 되라니! 그런 무책임한 말은 뭐지?

새벽 네 시면 잠에서 깨어나 자신이 원하는 과목을 수강하기 위해 줄을 서는 학생들 사이에 끼어 주먹밥을 먹었다. 청춘들 사이에서, 내가 가장 늙어 보이지 않는 건 그나마 위안이 되었다. 사법고시 2차를 준비 중이던 커플이 하루 열다섯 시간, 집중 시간을 늘리기 위해 애쓰는 동안 나 역시 원대한 계획들을 세웠다. 하지만 하루에 원고지 100매를 쓰겠다는, 도대체 말도 안 되는 목표 때문에 매일이 실패의 연속이었다. 고시 공부하듯 소설을 써도 결국 안 되는 거였다. 문학은 그래선 안 되는 거였다.

그때 그 주먹밥집 앞에서, 종이컵에 든 뜨거운 국물과 함께 서서 주먹밥을 먹는 청춘의 지친 얼굴들을 참 많이도 봤다. 그때가 추운 겨울이었기 때문에 밥을 씹거나 국물을 넘길 때마다 입안에선 뿌연 김이 올라왔다. 너무 오래 끓여서 죽처럼 흐물흐물해진 어묵과 어른 주먹보다 큰 주먹밥, 겉에 김 가루를 잔뜩 묻혀 일명 '폭탄밥'이라는 이름이 붙은 다양한 종류의 주먹밥들이 장미가 그려진 커다란 스테인리스 쟁반 위에 산처럼 담겨 있었다.

한 달 방세, 학원비, 편의점에서 사 먹을 수 있는 부실한 김밥 이외에 그들에게 허락된 이 한 끼의 식사는 대략 천 원. 하루가 다르게 물가가 치솟을 때, 아직 천 원으로 밥을 해결할 수 있는 곳이 있다는 것 때문에, 천 원짜리 한 장이 인생의 가장 힘든 때를 보내고 있는 사람들의 끼니를 해결해주고 있다는 생각에 울컥했다.

청춘은 꼭 배고프고 허기져야만 하는 걸까. 드라마 작가 노희경이 스물의 너희들이 아프다고 말했던 의미를 그제야 이해할 수 있을 것 같았다. 허기가 그저 물리적인 배고픔을 뜻하는 것일 리 없다. 그것이 사랑에 고프고, 우정에 고프고, 삶에 고픈 것이라는 걸 알 만한 나이. 진짜로 배가 고팠던 날을 떠올리면 언제나 그 시절, 천 원짜리 주먹밥이 떠오른다.

영화 〈카모메식당〉의 주인공 사치에는 세상이 끝나는 마지막 날, 좋은 재료들을 사서 자신이 좋아하는 사람들을 불러 맛있는 음식을 만들어놓고 파티를 하고 싶다고 말한다. 언젠가 나도 그런 일을 할 수 있을까. 청춘을 거치며 다가왔던 많은 일들. 살아가는 동안 내 마지막 직업이 끝까지 소설가일 수도 있는 걸까.

만약 이 일이 아닌 다른 일을 하게 된다면, 누군가에게 따뜻한 것을 만들어 먹이는 일이 될 수도 있지 않을까. 만약 그렇다면 성찬의 가운데 내가 먹었던 그때의 주먹밥을, 여러 가지 반찬을 넣어 만든 소박한 주먹밥을 놓고 싶다. 그것은 내 청춘의 시작과 끝을 꽁꽁 뭉쳐 단단히 다져놓았으므로. 당신에게 내가 맛보았던 그것을, 내가 느꼈던 그 따뜻한 것을 건네주고 싶다. 함께 대접할 뜨거운 보리차를 한가득 끓여놓고서.

이제 노량진에는 입시학원 대신 공무원 학원이 즐비해졌다.

곧, 어른의 시간이 시작된다

노량진의 밥값 역시 무섭게 오르는 물가를 견디지 못하고 높아졌다. 노량진에서 가장 싸게 먹을 수 있는 '컵밥'집들이 사라질 위기에 처했다는 기사를 읽기도 했다. 사는 게 팍팍해질수록 시험을 준비하는 청춘들의 얼굴은 점점 노래진다. 이제 점점 그들에게 '꿈'과 '목표'를 구별해야 한다고, 남들이 말하는 '성공'과 나 스스로에게 말할 수 있는 '성취'는 분별해야 한다고 말하기가 곤란해진다. 복잡한 삶의 행간들은 책에는 나오지 않는다는 걸 어떻게 말해야 할지 고민하다, 결국 미안해져 입을 다물게 된다.

그저 어느 날은 무턱대고 꼭 끌어안으며 '괜찮아질 거야!'라고 위로하고 싶은 내 어린 날의 얼굴, 청춘들, 고단함에 버스 안에 앉아 꾸벅꾸벅 졸고 있을 외로운 섬, 노량진을 바라보며 나즈막이 말하고 싶다. 잠깐 쉬어도 돼요. 고개를 들고 잠시 하늘을 올려다봐요. 노량진 박, 이, 김, 심, 진, 허, 한, 정, 최…… 씨들아~

'우리는 자아를 찾기 위해 떠난다'를
　　'우리는 자리를 찾기 위해 떠난다'로 타이핑 했다.
스물아홉,
　　잘못 쓴 내 인생의 오타

봄에는 혜화동을 걸어야겠다

혜화역 3번 출구. 서울대학교병원을 지나 소방서를 지나치면 붉은색 벽돌 건물이 나타난다. 그 건물을 끼고 골목으로 깊숙이 돌다 보면 꽤 넓은 길이 하나 나오는데, 길 오른쪽에는 건축가 김수근이 지은 오래된 건물이 있다. 엘리베이터도 없는 그 건물을 나는 걸어 올라갔다. 건물 3층에 별안간 회양목이 심어진 작은 정원이 나타나는 독특한 구조의 건물이었다. 그 건물 4층에서 나는 'LIBRO'라고 적힌 초록색 푯말을 보았다. 그때는 그것이 라틴어고, 단어가 뜻하는 바가 '책'이라는 것도 알지 못했다.

책을 사려면 광화문의 교보문고나 영풍문고까지 가던 때였다. 인터넷으로 뭔가를 산다는 것이, 더구나 책을 사는 것이 익숙지 않던 시절의 일이다. 나는 내가 인터넷으로 책을 소개하고 파는 일을 하게 될 것이라고 크게 기대하지 않았다. 다만 '책을 읽고, 리뷰만 쓰면 되는 직업'이라는 친구의 말에 넘어가 이력서를 내고 면접을 보러 가게 된 것뿐이었다. 전화를 끊기 전 친구가 말했다.

"거기에 《꾿빠이 이상》을 쓴 김연수 작가가 일하잖아. 문지에서 시집 낸 시인도 있다던데?"

인터넷 서점의 북에디터 면접을 보러 가던 날, 날씨가 추워 목도리를 코 바로 앞까지 칭칭 동여맸었다. 2월 21일. 내 생애 두 번째 직장의 면접 날짜까지 세세히 기억하는 건, 그날 가장 좋아하는 초록색 털장갑을 잃어버렸고, 일주일 후 근처 서울대학교병원에서 첫 조카가 태어났기 때문이었다. 회사에서 걸으면 5분쯤 걸리는 그 병원에서 지금은 대학생이 된 조카가 태어났다.

동생은 첫 번째 아기가 2월 29일에 태어나지 않은 게 천만다행이란 얼굴이었다. 만약 그랬다면 4년마다 한 번씩 돌아오는 생일파티를 어떻게 기념해야 할지 머리깨나 아팠을 거란 표정이었다.

"4년마다 돌아오는 생일이라니 너무하잖아! 요즘 애들은 음력 생일을 치르지도 않는데."

아이를 낳고 퉁퉁 부은 얼굴로 누워 있던 동생은 나를 바라보며 자신의 아들이 2월 28일에 태어난 걸 진심으로 행복해했다. 별 게 다 고맙고 행복했던 산모는 엄마가 가져온 기장 미역으로 끓인 뿌연 미역국 한 사발을 해치우고 죽은 듯이 잠을 잤다. 열일곱 시간을 진통했으니 열일곱 시간쯤은 내리 자야 한다는 얼굴로.

2월이 28일까지 있든 29일까지 있든 별 상관없던 내게, 조카의 생일과 직장 입사일이 같다는 건 꽤 의미심장하게 느껴진다. 나로선 딱히 이유를 알 수 없었는데, 몇 년간 고민해본 결과 이런 결론에 다다랐다. 이제 대학생이 된 조카의 첫 번째 꿈은 소설가였다(초등학교 1학년 때, 이미 A4 열 장이 넘는 분량의 소설을 쓴 이 작가 지망생의 작품에선 나를 포함한 등장인물들이 교통사고나 병으로 죽는다. 스티븐 킹 같은 공포소설 작가가 되려나). 나는 그 애가 직접 소설을 들고 와 읽어달라고 했을 때 2월 28일, 나의 첫 입사일을 기억해냈다.

'리브로'는 기묘하게 엉뚱하고 사랑스런 직장이었다. 그곳에는 작가들이 정말 많았다. 회사에 다니던 한 시인은 "책 읽고 리뷰만 쓰면 월급을 주는 이런 회사가 존재하다니!"라고 감탄할 정도였다. 어린이팀 과장님은 동화작가였고, 파주 물류센터의 팀장님조차 여행작가이자 소설가였다. 〈부커스〉라는 이름의 웹진에 서평을 쓰던 객원기자들 역시 (본인들은 몰랐겠지만) 훗날 대단한 문학상을 타게 될 소설가들이었다. 말하자면 나는 미래의 작가들이 우글대는 곳에서 일했던 셈이었다(이 기운을 받아 나 역시 작가가 되었으니 말을 말자).

초창기 회사는 대학의 작은 동아리방 같은 분위기가 있었다. 나는 '여산통신'을 통해 들어오는 책 더미에 파묻혀 책의 ISBN을 정리하고 책을 읽고 리뷰를 썼다. 밀레니엄이 막 지난 2000년대 초, 한 인터넷 서점 사무실에는 책의 판매실적보다는 좋은 책에 대한 개인의 취향과 확신이 좀 더 반영되던 낭만이 있었다.

보스가 출장을 가고 없던 어느 날, 내게 서점 메인에 '오늘의 책'을 거는 특별한 일이 주어졌다. 그때 나는 초기 러브크래프트의 싸구려 소설 표지만큼이나 우중충한 《키친 컨피덴셜》이란 요리 에세이를 추천했다. 인문서나 소설이 대세였던 '오늘의 책'에 난데없이 요리책이 걸린 건 아마도 처음 있는 일이었을 거다. 하지만 한국에서 번역된 안소니 부르댕의 첫 책이 내가 처음이자 마지막으로 건 '오늘의 책'이었다는 사실에 나는 자부심을 느낀다. 어느 출판사에서 그의 책 《쿡스 투어》의 추천사를 써달라고 했을 땐, 옛일을 떠올리며 감개무량하다는 생각까지 들었으니까. 그래서 출판사에서 요청한 분량보다 더 긴 추천사를 썼다.

낙타를 타고 파란 옷의 베르베르인들과 사막을 누비고, 어딘지 모를 사막 한가운데서 새끼 양의 불알을 발라먹는 일, 베트남의 시장에 쪼그리고 앉아 노파가 끓여주는 베트남식 커피를 마시는 터프한 여행에 관해 알고 싶다면 이 책을 펼쳐봐도 좋겠다. 새까맣게 닳은 오래된 거름망에 걸쭉한 시럽처럼 뚝뚝 떨어지는 검은색 액체를 마시는 일에 대해서라면 말이다. 스페인 최고의 식당에서부터 포르투갈식으로 돼지 한 마리를 통째로 잡아먹는 일까지, 안소니 부르댕은 몬도가네식 미식의 절정을 맛보며 '잃어버린 추억의 향신료'를 찾아 세계를 누빈다. 내가 만약 한 레스토랑의 요리사이고 세계 일주를 기획했다면, 두말할 것도 없이 안소니 부르댕처럼 썼을 것이다. 적어도 그처럼 쓰고 싶어했을 것이다.

백영옥, 《쿡스 투어》 추천사

"요리는 일종의 기능이며, 훌륭한 요리사는 예술가가 아닌 장인이라고 생각하고 싶다. 그건 조금도 틀린 말이 아니다. 유럽의 대성당을 지어낸 것은 바로 장인들이었다. 어떤 경우든 나는 자신의 전문가 정신에 자부심을 갖고 있는 이런 용병들을 예술가보다 더 지지할 것이다."

미국 드라마 〈키친 컨피덴셜〉 중

이런 말을 하는 요리사를 나로선 좋아하지 않을 도리가 없다. 아마도 그때 읽었던 엄청난 숫자의 요리책들 덕분에 요리를 공부하고 싶다는 생각을 했던 건지도 모르겠다. 만약 서점을 그만둔 후 잡지사에 취직하지 않았다면 코르동 블루나 CIA 같은 곳에서 요리를 공부하며 엉성한 칼질로 손가락 몇 개쯤 절단내고 있을지도 모르겠고(하지만 안소니 부르댕은 2018년, 우울증으로 스스로 생을 마감했다. 그의 나이 61세였다).

인생을 몇 개의 카테고리로 나누자면 나의 '리브로 시절'은 혜화동 시절이다. 1980년대의 감수성을 대표하는 그룹 동물원

의 혜화동. 작사에 작곡, 노래까지 부른 김창기의 목소리를 들으면 어느덧 10년이 훌쩍 넘은 그때의 시절로 돌아가곤 한다. 지하철을 타고 혜화역에 내려 빨간색 소방차가 보이는 소방서를 지나치던 시절, 소설가 김중혁이 '김중혁 과장'이고, 시인 강정이 '강정 대리'였던 시절로.

누군가의 생일이면 직접 만든, 듣기 좋은 컴필레이션 앨범을 선물로 주던 김중혁 선배, 그 앨범 속에서 나는 처음으로 피아노를 치며 노래하는 시인 '벤 폴즈'를 만났다. 밴드의 리드보컬로 자신이 쓴 시처럼 아름다운 음악 칼럼을 속주 기타리스트처럼 써대던 강정 선배, 그의 글을 통해 나는 처음 '시규어 로스'라는 신비로운 아이슬란드 밴드의 존재를 알았다. 내 첫 책이 세상에 나왔을 때 "아무리 걷기 힘든 서울이라고 해도 그렇게 걸어다닐 수 있는 한, 그녀는 꿈을 꿀 수 있다"라는 아름다운 추천사를 써줬던 김연수 선배를 통해, 나는 존재하지 않을 것 같은 단어의 호흡을 읽는 법을 배웠다.

그 시절의 내가 사무실 책상 너머 바라본 원더보이와 원더걸들. 내가 쓴 엉망진창의 단편을 읽어주던 리브로의 동료들. 지금은 얼굴 한번 보기도 힘든 바쁜 사람들이 되어버렸지만 마음속으로는 늘 응원하고 있다.

집으로 돌아가는 버스를 타고 동물원의 〈혜화동〉을 들었다. 버스가 한남대교를 지나갈 때 창문을 열었다. 머리카락이 날려 뺨이 간질거렸다. 혜화동은 어쩐지 길을 걷거나 버스를 타고 있을 때 들어야만 할 것 같다. 움직이는 풍경 안에서 이 노래는 훨씬 더 자유롭게 내 기억의 모서리들을 자극한다.

"오늘은 잊고 지내던 친구에게서 전화가 왔네. 내일이면 멀리 떠나간다고. 어릴 적 함께 뛰놀던 골목길에서 만나자 하네. 내일이면 아주 멀리 간다고. 덜컹거리는 전철을 타고 찾아가는 그 길. 우리는 얼마나 많은 것을 잊고 살아가는지……" 같은 가사를 듣고 나면 스물아홉의 봄날을 보냈던 혜화동의 마로니에 공원과, 조금이라도 싼 티켓을 사겠다고 줄을 서던 '사랑티켓' 박스의 긴 줄과, 바람에 흔들리며 햇빛을 뿌려대던 마로니에 나무가 떠오른다.

두 번째 남자 친구와 헤어진 친구와 혜화동 '연우무대'에서 처음 본 연극. 지금은 재즈 보컬리스트가 된 나윤선의 뮤지컬 〈지하철 1호선〉. 진초록의 아이비로 뒤덮인 아름다운 빨간 벽돌 건물에 있던 샘터사, 좁은 공원에서 배드민턴을 치며 웃어대던 사람들을 보며 동생과 처음 사 먹었던 야릇한 이름의 '카라멜 마끼야토'도.

바람이 분다.
봄에는 혜화동을 걸어야겠다.

가장 높은 경지의
유머 감각

마지막으로 회사에 사표를 내던 날, 집으로 돌아온 내가 가장 먼저 한 일은 EBS 홈페이지에 들어가 '문화사 시리즈 제1편'이란 부제가 붙어 있던 드라마 〈명동백작〉을 본 것이었다. 천재 시인 김수영, 박인환, 전혜린과 이봉구 같은 예술가들이 등장하는 〈명동백작〉을 나는 침대에 누워 하루 종일 보았다. 내친김에 후속작인 〈지금도 마로니에는〉도 보았는데, 그렇게 해서 나는 '넷플릭스'라는 신세계 없이도 4일 만에 56부작 드라마 전편을 다 보는 어엿한 드라마 폐인이 되었다. 눈 밑에 진한 다크서클이 생겼지만, 단단히 꼬여 있던 마음은 이상할 정도로 풀려 있었다.

정신적으로 혹사당했을 때, 그저 멍하게 쉬고 싶을 때 늘 텔레비전을 켰다. 그러니까 상처를 받고 돌아오던 날 밤 내가 보았던 것들, 그것이 꼭 프란츠 카프카의 《변신》이나 살만 루슈디의 《한밤의 아이들》 같은 대작일 수만은 없는 일. 방대하고 역동적인 《고래》 같은 소설을 쓴 천명관 선배가 원주의 아득한 산골짜기에 틀어박혀 그저 실컷 웃기 위해 〈무한도전〉 수백 개를 다운받아 보았단 얘길 듣다가 고개를 끄덕인 것도 그런 까닭이다. 어느 날 그는 불현듯 외로웠을 것이고, 정적이 섬뜩해졌을 것이고, 그래서 넋 놓고 웃고 싶었을 것이다.

서울에 폭설이 내리던 날 오랫동안 끌던 소설 원고를 끝냈다. 간만에 캔 맥주 하나를 들고 과자를 먹으며 소파에 앉아 텔레비전 리모컨을 들었다. 머리도 식히고 실컷 웃을 겸 예능 프로그램을 찾았다. 프로그램에선 게스트로 나온 연예인들이 자신의 성공과 실패에 곁들여진 다양한 에피소드를 이야기하고 있었다.

그날, 하루 종일 텔레비전을 본 끝에 나는 흥미로운 공통점 한 가지를 발견했다. 하나같이 웃고 떠들던 게스트들이 약속이라도 한 듯 클라이맥스에 이르러 신앙 간증하듯 눈물의 고백을 한다는 것이었다. 우울증, 공황장애, 강박장애, 격분증후군, 크론병…… 사전을 찾아봐야 알 것 같은 희귀한 병명은 물론이고 이혼과 파산, 자살 같은 극렬한 비극의 언어가 일면 화려해 보이는 연예인들의 입을 통해 방언처럼 터져 나오고 있었다.

눈물은 전염성이 강하다. 그것이 감정을 표현하는 것이 능한 연예인들의 얼굴에서, 더더군다나 오열과 통곡이라는 형태로 전달될 때, 방청객은 물론이고 프로그램을 보고 있던 나 역시 가슴이 미어졌다. 아! 정말이지 슬펐다. 아내가 신장을 이식받았다는데, 아이가 아프다는데, 이혼당해 졸지에 지하방으로 추락했다는데, 빚더미에 짓눌려 차를 타고 가다가 그대로 들이박아 죽고 싶었다는데, 자신을 괴롭힌 악플러 때문에 욕실에 들어가 조용히 손목을 그었다는데 어떻게 놀라고 슬프지 않을 수가 있단 말인가. 우적우적 새우깡을 씹다가 맥주를 마시던 나는 엎어져 울고야 말았다.

그런데 방송이 끝나고, 얼마 후 보게 된 또 다른 예능 프로그램에서도 이런 일은 이어졌다. 고백의 내용은 점점 수위가 높아졌고 눈물의 농도도 강해지는 기분이었다. 마음이 조금씩 불편해지기 시작했다. 슬픈 것도 알겠고 힘들었던 것도 알겠는데, 어쩐지 누가 누가 더 괴롭고 끔찍한가를 경쟁하는 프로그램을 보는 기분이었다. 나는 그저 웃고 즐기고 싶어 채널을 돌린 것뿐인데…….

한때 조폭이 등장하는 코미디 영화가 계절마다 극장에 걸리던 시절이 있었다. 그런데 정말 신기한 건, 웃겨야 할 코미디 영화가 꼭 울리면서 끝난다는 것이었다. 당시 내가 취재했던 한 영화 관계자의 말에 의하면, 한국 사람들은 꼭 울어야 돈이 아깝지 않다고 생각한다는 것이다. 그러면서 그는 "웃기면 가볍고 울리면 무겁다는 생각도 별로지만, 한국 정서가 그러니 그렇게 만들어야 한다"는 뼈아픈 말을 남겼다. 나는 그가 말하는 한국 정서의 실체가 무엇인지 궁금했다. 그런데 이번에 작정하고 예능 프로그램들을 보면서도 그때의 말이 떠오른 걸 보면 나는 아직 그 의문을 해결하지 못한 게 분명했다.

한국처럼 힐링이 필요한 사회도 없다. 만약 누군가 서울의 이미지를 한마디로 요약해보라고 한다면 나는 망설임 없이 그것을 '불안'이라고 말하겠다. 죄책감 없이 쉬는 건 또 얼마나 어려운가. 간만에 쉬어볼까 텔레비전이라도 켜면 어김없이 각종 보험 광고들이 나타나 자식들에게 천만 원도 남겨주지 않고 떠나는 삶을 맹렬히 비난해댄다(이제는 "나만 없어 ○○이 보험!"이라 외치며 사랑하는 강아지나 고양이의 보험을 들지 않는 나를 몰아세운다). 나처럼 보험 하나 없는 사람은 천하에 한심한 존재인 것이다. 우리는 놀면서도 남들보다 뒤처질까 봐 불안해한다. 퇴근 후에 재테크 채널 한두 개라도 시청하지 않으면 평생 벼락거지로 이 지경일까 싶어 괴롭다.

분명한 건 예능 프로그램에 나온 연예인들이 자신의 비극적인 개인사를 더 많이 털어놓기 시작하면서부터 한국이 더 살기 힘들어졌다는 것이다. 그런데 그것이 내심 불편했던 건 왜일까. 벌 만큼 벌면서, 성공할 만큼 성공했으면서 자신의 비극과 슬픔을 과장하는 특유의 몸짓에 힘들었던 걸까. 어쩌면 웃어야 할 예능 프로그램에서까지 울고 있는 사람들을 보는 게 부대꼈던 건 아닐까. 그러므로 나는 언젠가 내가 본 다큐멘터리의 일화에 경외감을 느낀다.

그는 한때 웃기고 춤도 잘 추는 인기 개그맨이었다. 하지만 인생의 황금기에 망막색소변성증이라는 난치병을 얻어 시각장애인이 되었다. 점점 시야가 좁아지다가 마침내 어둠 속에 온몸이 잠기는 병. 원인불명의 병명을 이야기하며 그는 병을 알게된 후 가장 슬펐을 때는 "딸의 결혼식장에서 그토록 아름다운 딸의 얼굴을 볼 수 없게 될" 거라는 걸 깨달았을 때라고 말했다.

그런데 놀랍게도 그 이야기를 하면서 그는 희미하게 웃고 있었다. 인간이 가장 납득하기 힘들고 견디기 어려운 감정이 '억울함'이라고 말할 때조차 그는 웃고 있었다. 자신처럼 중증장애를 겪는 사람들의 힘겨움을 말할 때 역시 그는 담담했다. 그런 종류의 담담함이 얼마나 격렬한 슬픔과 절망 끝에 만들어졌을지 상상하는 건 나로선 거의 불가능했다. 기자가 "어떻게 살고 싶으세요?"라고 물었을 때 그는 "그저 좋은 쪽을 향해 걷고 싶어요. 그리고 내 움직임이 보기 좋았으면 좋겠어요"라고 대답했다.

그는 비극을 비극으로 말하지 않음으로써 담대하고 성숙한 어른의 모습을 보여주고 있었다. 나는 그의 얼굴에서 스포츠 브랜드 광고에 등장하는 중증장애인의 기적 같은 불굴의 의지가 아니라, 눈물겹게 만들어진 어떤 '빈 공간'을 보았다. 그 공간 안에는 놀랍게도 혹독한 겨울을 잊게 하는 봄 같은 미소가 있었다. 그는 자신의 두려움과 비극을 향해 웃고 있었지만 나는 그를 보며 뭉클해졌다. 나는 이제 그가 한 번도 웃지 않고 남들을 폭소하게 할 수 있는 가장 높은 경지의 유머 감각을 얻게 되었으리라 믿는다. 앞이 보이지 않는 그는 몸으로 동선을 익혀 지금 연극무대 위에서 연기를 하고 있다고 했다. 그 연극의 제목이 결국 나를 울렸다.

오픈 유어 아이즈.

보인다고 다 볼 수 있는 건 아니다. 세상엔 눈을 부릅뜨고 온 마음을 기울이고 나서야 비로소 보이는 것들이 있다. 그처럼 깊은 어둠에 잠겨 눈이 보이지 않아도 결국 세상의 밝음을 볼 수만 있다면 그 삶은 아름답다 말할 수밖에 없다.

나는 그의 이름을 오랫동안 기억해두기로 했다.
그의 이름은 이동우다.

곧, 어른의 시간이 시작된다

빛과 그림자가 있다면,
그림자 쪽

창피할 것도 없다.

나는 신춘문예를 비롯한 문학 공모전에 참 많이 떨어졌다.

떨어질 때마다 새빨간 모나미 매직펜으로 나를 떨어뜨린 신문사 사절 따위의 문구를 아파트 문 앞에 복수하듯 크게 써붙여 놓았는데, 대학을 졸업하기도 전에 더 이상 '사절'이란 말을 붙일 신문사가 없어져버렸다. 그러고도 10년 이상을 더 떨어졌으니 말을 말자. 나는 서른세 살이 되고 나서야 한 문예지에서 신인문학상을 받았다. 습작 시절 "수줍게 낸 첫 작품이라 미흡하고 부족한 작품을 뽑아주신 심사위원 여러분께 감사드립니다"
같은 당선 소감에 더할 수 없는 상처를 받았던 터라, 당선 소감
란에 작정하듯 1993년부터 내가 떨어진 신문과 잡지들의 이름
을 적기 시작했다. 나 같은 문학의 루저 역시 존재한다는 걸 기
회가 생겼을 때 세상에 소리 높여 증언하고 싶었다. 결국 내가
그것을 다 적지 못한 이유는 딱 한 가지였다.

　지면 부족.

　그러므로 내가 성공보다 실패에 더 깊게 감응하는 사람이라
는 건 당연지사. 사람에게 빛과 그림자가 있다면, 그림자 쪽으
로 기울어져버린 것도 그런 까닭이다. 좋아하는 것보다 싫어하
는 것을 아는 일이, 한 사람의 내면을 훨씬 더 깊게 들여다보는
일임을 나는 거의 확신한다. 거짓말을 할 때 그 사람의 성격이
더 잘 드러나는 것처럼 말이다. 이런 신념으로 다소 엉뚱한, 그
러나 실질적으로 도움이 될지도 모를 '문학 공모 당선을 위한
십계명'을 적어봤다.
　스티븐 킹은 《유혹하는 글쓰기》에서 출판사 편집자에게 원
고를 퇴짜 맞지 않는 법에 대해 일장 연설한 적이 있다. 한때 '망
한 영화사 직원'이라는 닉네임을 쓰던 한 블로거는 자신의 SNS
에서 '시나리오, 이렇게 쓰지 마라' 시리즈를 연재했는데, 이런
'살아 있는 경험'을 바탕으로 한 실패담을 보는 건 언제나, 늘,
상당한 도움이 된다.

곧, 어른의 시간이 시작된다

가령 첫 번째 페이지에서 소설이 가진 매력과 박력을 보여주지 못하면 떨어진다. 수백 편의 소설을 마주한 심사위원들이 처음부터 끝까지 원고를 완독할 가능성은 꿈속의 조상님에게 로또 1등 번호를 하사받는 일보단 조금 쉽지만, 그 로또가 진짜 당첨될 가능성만큼 희박하기 때문이다.

1. 냈던 작품 자꾸 내면 계속 떨어진다. 고칠수록 작품이 더 좋아질 거란 생각은 착각이다. 중요한 건 작년 심사위원이 올해도 내 작품을 심사할 가능성이 있다는 것이다. '설마 그럴 리가!'라고 생각하지 말자. 경험담이다.

2. 첫 문장이 가장 중요하다. 겉멋 든 첫 문장은 탈락을 부른다.

3. 튀어 보이려고 글자 크기 키우면 떨어진다. (이건 내 경우다)

4. 튀어 보이려고 반짝반짝한 실크 종이에 소설 인쇄해 보내면 또 떨어진다. (이것도 내 경우)

5. 전국 문예창작학과 학생들이 다 아는 유명한 비밀이 하나 있다. 신춘문예나 문학 공모용 소설은 분명히 존재한다. 너무 실험적인 작품은 최종심에서 '아슬아슬하게' 떨어진다.(아슬아슬하겠지만 역시 떨어진다)《카스테라》에 실린 박민규의 주옥 같은 초기 단편들이 신춘문예에서 연달아 떨어진 작품이라는 사실은 그것을 증명한다.

6. 엔딩에 반전이 있는 장르적 성향의 단편을 쓰면 떨어질

가능성이 높아진다.

7. 형용사, 부사, 느낌표 남발하면 떨어진다(이건 객관적으로). 상표, 브랜드, 외국어 표기 남발하면 떨어진다(이건 직관적으로).

8. 백수, 소설가, 학생, 학원 강사가 주인공인 얘기는 웬만하면 쓰지 마라. 전국 문예창작학과 엘리트 문학도 대부분이 바로 지금 '그것'을 쓰고 있다. 문학 공모 소설로 화제를 모았던 주인공들의 면면을 살펴보면 아래와 같다. 안경사, 문신술사, 횟집 주인, 방송작가……. 인터넷이 아니라 현장에 나가 관찰하고 취재하라.

9. 마감 직전까지 원고 붙들고 있다가 제때 원고가 도착하지 않아 떨어지는 믿을 수 없이 황당한 일이 생길 수도 있다.

10. 마지막에 전화번호를 적지 않는 더 황당한 일이 생기지 않도록 주의해야 한다. 이름 안 쓰는 것도 마찬가지다. 내가 아는 유일한 예외는 2004년 S일보 신춘문예 수상자였던 소설가 K의 경우뿐이다. 신의 은총으로 신문사가 그 이름을 알아내고 그녀의 이름을 불러주기까지 적지 않은 시간이 필요했다. 말할 것도 없이 이름을 안 쓰면 탈락이다!

네가 말하면
꼭 반대로 되더라

　내가 대학을 다니던 1990년대 중반에 인천 월미도는 최고의 데이트 장소였다. 특히 월미랜드 바이킹의 그 무시무시한 전설은 사람들의 비명 소리를 누구보다 사랑한다는 빨간 모자 바이킹 아저씨의 "한 번 더?"에서 절정을 이루었는데, 덜컹대는 헐렁한 안전 손잡이에 매달려 뱃머리가 하늘로 치솟을 때마다 추락의 공포에 심장이 절로 쪼그라든다는 그 늙수그레한 바이킹이 언젠가는 정말 땅 밑으로 고꾸라지고 말 거란 예언과도 무관치 않았다.

　그런 월미랜드에 '월미도 모노레일'이란 이름의 기차가 등장했다. 아이러니하게도 이 모노레일은 제대로 운행 한번 못 해보고 철거될 처지에 놓여 있다고 했다. 반짝거리는 외피를 입은 새 모노레일이 잘못 깔아놓은 레일이나 부품 몇 가지 때문에 움직이지 못한다는 뉴스를 보다가, 나는 영화 〈고양이를 부탁해〉를 떠올렸다.

연안부두와 공장지대를 배경으로 한 영화라면 쇠락한 감정을 느낄 수밖에 없다. 더군다나 '부탁해~'라는 말이 등장하는 영화라면 다정한 절박함이 묻어난다. 2001년 나는 이십 대의 마지막을 힘겹게 통과하고 있었다. 세상은 미래에 대단한 인물이 될지도 모르는 '지망생'이란 타이틀에 일관되게 냉혹했다. 어느 대기업 회장의 말처럼 세계는 과연 넓었다. 그러나 할 일은 없었다.

미래는 라식수술이 필요할 정도로 심각한 고도근시 같았다. 나는 아침엔 부화뇌동, 밤엔 전전긍긍 사이를 오가며 방황했다. 섣부른 희망에 부풀어 있다가 쉽게 절망에 빠졌다. 내가 쓴 소설이 겨우 본심이거나 잘해야 최종심이라는 사실에 안절부절못했다. '그래도 그게 어디야'라고 말하기에는 더 이상 내가 젊지 않은 것 같았다. 본심이건 최종심이건 핵심은 말할 것도 없이 '탈락!'이었으므로.

〈고양이를 부탁해〉가 개봉된 2001년. 커다랗고 유독 까만 눈동자를 가진 여자아이가 등장한 '스무 살의 TTL'이라는 통신사 광고가 유행했다. 누군가 미친 듯이 물렁한 토마토를 던지면 대책 없이 맞으며 까르르 웃던 그녀. 최신형 16화음과 픽셀이 깨지는 휴대폰 사진이 등장하던 그때, 생각해보면 나의 막막함도 그녀들과 다르지 않았다.

〈고양이를 부탁해〉는 착하고 엉뚱한 찜질방집 딸 태희와 성공에 대한 욕망이 강한 현실주의자 혜주, 가난하지만 디자이너를 꿈꾸는 지영, 뭐든 함께하는 쌍둥이 온조와 비류의 성장통 이야기다. 인천에서 막 상업고등학교를 졸업한 그들은 스무 살이 되어 사회에 진출하며 고민이 많다. 증권회사에 입사한 혜주는 커리어 우먼으로 성공하고 싶지만 직장에서 커피 심부름과 복사로 하루를 보내고, 유학을 가고 싶은 지영은 부모가 없는 탓에 취직이 쉽지 않다. 태희는 봉사활동을 하면서 알게 된 뇌성마비 시인의 시를 타이핑해주고 있다.

어느 날, 지영은 길 잃은 새끼 고양이 '티티'를 혜주의 생일선물로 전한다. 하지만 형편상 혜주는 고양이를 지영에게 되돌려주고 지영은 상처받는다. 태희와 친구들은 오해로 점점 멀어지는 두 사람을 안타깝게 바라보지만 갈등을 해결할 방법은 보이지 않는다.

어딘가로 길을 떠나지는 않지만 이 영화는 로드무비다. 동인천에서 동대문까지 가는 지하철 1호선의 터널은 유독 좁고 어두운데, 터널은 이 말간 청춘들이 앞으로 가야 할 길 역시 만만치 않다는 것을 암시하는 듯하다. 개발되기 전의 차이나타운이나 정리되지 않은 구도심, 서구의 문물은 가장 빠르게 받아들였지만 서울의 위성도시처럼 살아가는 인천 거리 곳곳의 처연한 풍경들은 또 하나의 등장인물처럼 영화에 근접해 있다.

교복을 입은 그녀들이 고무줄놀이를 하던 연안부두, 비류와 온조가 자신이 직접 만든 목걸이를 팔던 북성동 차이나타운, 어느 일요일에 함께 놀러갔던 바람 부는 월미도의 쇠락한 놀이공원 장면까지 인천의 속살은 영화 여기저기에 흩어져 있다. 놀이공원에 부는 매서운 겨울바람을 맞으며 그녀들이 뒤돌아서지 않는 장면은 순탄하지만은 않을 그들의 인생을 보여주는 것인지도 모른다. 아무리 일해도 더 가난해지고, 아무리 꿈꿔도 점점 멀어지는 꿈. '아파서 청춘'이라는 말은 어른들이 스스로를 변명하기 위한 말처럼 들린다.

학창 시절 더할 나위 없이 친했던 친구들. 하지만 나이가 들면서 생기는 관계의 균열을 나는 말없이 바라봤다. 내 친구의 결혼식이 있던 날, 오랜만에 만난 친구들은 모두 나이와 건강에 대해 먼저 이야기했다. "너는 어쩜 그대로니. 피부과 다니니? 요즘 어떤 건강식품이 좋니?" 이제 우리들에게 나이는 그저 지나가는 화두가 아니었다.

4월, 친구가 결혼했다. 대한민국에 있는 거의 모든 결혼정보회사의 회원란에 자기 이름을 올렸을지 모를 친구였다. 고등학교 동창들 중 가장 상냥하고 누구보다 여성스러운 친구로, 아이를 낳으면 직접 스웨터를 떠 계절별로 입힐 것 같은 그런 친구였다. 딸을 낳으면 발레학원으로, 아들을 낳으면 검도장으로 데려갈 것 같았던 내 오랜 친구.

그녀가 우리들 중 누구보다 먼저 결혼할 거라고 예언한 건 나였다. 친구들에게 남자에는 관심이 없고, 바른손 노트에 로맨스 소설이나 써대며 희희낙락하던 내가 가장 늦게 결혼하거나 독신으로 남을 사람으로 보였고, 그 시절의 나 역시 그들의 의견에 순순히 고개를 끄덕였었다. 열여섯, 파란색 모나미 볼펜으로 눌러 쓴 첫 소설 습작들은 친구들끼리 돌려 읽다가 종종 3단으로 찢겨 나가기도 했다.

로맨스 소설의 세계에선 키 크고 잘생긴 데다가 능력 있는 남자들이 즐비하다. 그뿐인가. 나쁜 남자인 줄 알았는데 '알고 보니' 헌신적인 순정남과 츤데레가 창궐하는 그 세계를 창조한 사람은 학창 시절 남자 친구라곤 한 명도 없던 나 자신이었다. 연애란 모름지기 연애한 적 없는 사람의 머릿속에서 가장 활발히 타오른다. 《오만과 편견》을 쓴 제인 오스틴이 평생 독신이었다거나, 《제인에어》와 《폭풍의 언덕》을 쓴 브론테 자매가 연애와 거리가 먼 삶을 살았다는 걸 예로 들 필요가 있을까. 상상력은 현실보다 늘 우월하므로 나는 내가 만든 세계 속에서 진정 행복했었다.

하지만 현실은 이와 다르니, 나는 중학생 시절 내가 쓴 소설에 등장하는 남자와 정확히 반대 성향의 남자와 5년 동안 연애했다. 게다가 친한 친구들 중 가장 먼저 결혼했다. 결혼식에 참석한 친구들 모두가 발랄한 이십 대일 때라 축하 인사는 더없이 시끄럽고 요란스러웠다. 아직 취업 준비 중인 친구들이 많아서, 저녁 다섯 시에 시작하는 결혼식에 딱히 불만을 토로하는 친구도 없었다. 하지만 지각하듯 단체로 늦게 몰려온 친구들은 밥이 떨어졌다며 더없이 시끄럽고 요란스럽게 불만을 토로했다. 어찌 됐든 나는 영 신통력 없는 뻥쟁이가 된 셈이었다. 한 친구가 내게 눈을 흘기며 한 저주의 말은 이런 것이었다.

네가 말하면 꼭 반대로 되더라!

그런 내 오랜 친구가 결혼했다. 봄날 웨딩드레스를 입은 친구가 너무 예뻐서 코끝이 찡해졌다. 그리고 지루하게 이어지는 주례사를 듣다가 친구의 아빠가 우는 장면을 봤다. 사는 동안 나는 결혼식장에서 우는 신부의 아버지를 몇 번이나 봤던가. 한 번? 두 번? 아마도 네 번 이상이었던 것 같다.

〈고양이를 부탁해〉의 마지막 장면은 어디론가 멀리 떠나려 하는 태희와 지영의 모습이다. 그곳이 어딘지는 알 수 없다. 섣부른 희망도, 절망도 없는 이야기의 끝. 그곳이 어디든 온전히 그녀들의 선택이다. 내 오랜 친구가 키우던 페르시안 고양이는 고양이 알레르기가 있던 그녀의 남편 때문에 결국 친정에 남겨졌다. 결혼이라는 새로운 삶과 함께, 오랜 시간의 징표와도 같던 고양이와는 이별이었다. 사람이 아니라 집을 고향으로 삼는 고양이도 그쪽이 더 편할 거라고 친구가 말했다.

"고양이야 친정 엄마가 잘 키워줄 테니까. 걱정 없어."

엄마란 어쩌면 딸이 어질러놓은 것들을 눈을 감는 그 순간까지 치워야 하는 존재일지도 모른다. 나는 세상의 딸들이 엄마를 친정 엄마라고 불러야 하는, 결코 익숙해지지 않은 순간들에 대해 생각했다. 친구가 "고양이는 사실 나보다 엄마를 더 좋아해!"

곧, 어른의 시간이 시작된다

라고 씩씩하게 말하며 웃다 큰 소리로 울었다. 울다가 웃는 친구의 뺨 사이에 팬 보조개 사이로 열 몇 살, 성글었던 우리들의 시간이 엿보였다.

어디서 무엇이 되어 만나든 고양이야.
그녀들을 부탁해.

어린 시절, 푸른색 실을 손가락 가득 끼고
　　스웨터를 뜨던 엄마가
　　책을 읽고 있던 내게 말했다.

만약 네가 그렇게 일찍 아프게 태어나지 않았다면,
그래서 만약 내 마음대로 네 이름을 지을 수 있었다면,
네 이름은 아마도 '사랑'이었을 거야.
　　백사랑.
　　내가 좋아하는 사람이 나를 좋아해주는 것.
　　　그게 삶의 가장 큰 기적이란다.
네가 읽고 있는 《어린왕자》의 말처럼.

집보다 방

그해, 나는 런던 피카델리 서커스 주변의 어느 작은 호텔에 머물고 있었다. 얼마간 유럽에 환상을 가지고 있던 나는 너무 좁고 비싼 데다가 문고리마저 낡아 제대로 돌아가지 않는 호텔이, 욕실에 수건이라곤 달랑 한 장밖에 걸려 있지 않던 야박하기 그지없는 그 호텔이 정말이지 싫었다.

1995년의 여름, 엄청난 무게의 배낭을 짊어진 채 나는 동생과 함께 꽤 긴 여행 중이었다. 실연의 후유증으로 허리까지 치렁치렁 머리를 기르던 때였는데, 엄마가 드라마 〈전설의 고향〉에 나오는 귀신 같다고 아무리 잔소리를 늘어놓아도 절대 자르지 않고 버틴 건, 머리를 자르면 내 연애의 허리까지 댕강 잘려버릴 것이란 괴상한 믿음 때문이었다. 스물두 살이란 정말 그렇게 믿을 수 있는 나이였다.

하루 종일 동생과 런던 시내를 걸어다녔다. 그렇게 밖을 돌아다니다가 밤 아홉 시를 넘겨 들어와 샤워를 하고 나서도 아직 밖이 환하다는 사실에 놀라 지금 마시는 술은 낮술이라며 맥주를 나눠 마시기도 했다. 그것이 섬머 타임 때문이라고 누군가 말해주기 전까지 내게 런던은 비가 자주 내리는 셜록 홈스의 도시가 아니라 밤 열 시가 넘도록 대낮 같은 여름 도시, 바로 그것이었다.

창밖을 내다보며 침대 곁에 서서 젖은 머리를 말리는 대신 동생이 나오면 재빨리 건네줄 젖은 수건을 말리기 시작했다. 머리가 길어 역시 수건 한 장으로는 턱없이 부족했다. 하지만 아스팔트 위에 끊임없이 아지랑이를 만들어내던 뜨거움이 가시고 그런대로 시원한 바람이 창문을 통해 불어왔기 때문에 그 바람으로 머리를 말릴 수 있을 것 같았다.

나는 동생이 틀어놓은 텔레비전을 보며 수건을 털어 말렸다. 그리고 마침내 긴급 타전된 CNN 〈BREAKING NEWS〉의 한 장면을, 양쪽 기둥을 제외한 거대한 핑크색 건물 전체가 무너져 내린 채 활화산처럼 연기를 내뿜고 있는 모습을 보았다.

기분이 이상했다. 그것이 눈에 익는 건물이었기 때문이라기보단 '삼풍'이란 앵커의 미국식 발음이 너무 생소해서였던 것 같다. 젖은 미역줄기 같은 머리카락을 쥐어짜자 카펫 위로 물이

곧, 어른의 시간이 시작된다

뚝뚝 떨어졌다. 나는 가만히 서서 텔레비전을 응시했다. 뒤늦게 욕실에서 나온 동생도 나와 비슷한 기분이었는지 한동안 말없이 텔레비전을 바라보고 있었다. 동생의 낯빛은 점점 질려갔다.

"어떡해!!" 동생은 비명을 지르듯 내 얼굴을 바라보았다. 거짓말 같은 몇 초의 정적이 흘렀다. CNN 뉴스를 가득 채우고 있는 저 붕괴된 건물이 삼풍백화점이라는 사실을, 우리 집에서 불과 차로 10분 거리에 떨어져 있는 그 백화점이라는 사실을, 내 모교에서 걸어서 불과 3분 거리에 있는 바로 그 백화점이라는 명확한 사실을 깨닫는 데는 오랜 시간이 걸리지 않았다. 무너진 백화점의 모습은 너무도 기괴해서 현대 자본주의를 비웃는 예술가의 초현실주의 작품처럼 보였다.

우리 자매는 정신없이 호텔 로비까지 뛰어갔다. 배낭 속 어딘가에 서울로 전화하는 법을 적어놓은 노트가 있었지만 그걸 찾아낼 엄두를 내지 못했다. 프론트 앞에서 우리는 영국식 악센트가 강한 영어를 제대로 알아듣지 못해 몇 번이고 손짓을 해야 했다. 그렇게 서울에 급히 전화를 하고 몇몇 친구의 안부를 물었다. 엄마의 입에선 듣고 나서도 도저히 믿기지 않는 단어가 줄줄 쏟아져 나왔다. 하루 종일 에어컨이 고장 나 백화점 안이 더웠다. 연주 엄마는 한 시간 전에 그곳에서 나왔다. 나도 그곳에서 며칠 후 약속이 있었다. 정말 큰일 날 뻔했다. 하지만 혜선이는 실종 상태인 것 같다. 지금도 무너진 백화점에서 무시무시한 연기가 난다. 동생이 삼풍아파트에 사는 한 친구의 이름을 부르며 통곡하듯 울기 시작했다.

사람이, 내가 알거나 모를 사람들이, 그렇게 백화점에 있었던 수백 명이 무너진 잔해 더미에 깔려 있는 것 같다고 했다. 담담하려 애쓰던 엄마의 목소리가 조금씩 떨려왔다. 부상, 실종, 사망, 긴급구조……. 내 삶과 별 상관없을 것 같던 비극적인 단어들이 서울에서 열두 시간이나 떨어진 런던의 작은 호텔 전화기를 통해 전달되고 있었다. 깨지 않을 것 같은 기분 나쁜 꿈을 꾸는 것 같았다. 삐삐도 핸드폰도 없었으므로 나는 삼풍백화점이 붕괴되고 난 후, 온전히 하루가 다 지나고 나서야 이 거대한 재난을 알게 되었다. 엄마의 목소리를 들은 동생이 너무 크게 울었기 때문에 나는 울 수가 없었다. 우리는 충혈된 서로의 눈을 바라보며 앞으로 여행을 지속할 것인지 밤새 고민했다.

사망 501명, 실종 6명, 부상 937명으로 기록된 대규모 참사. 마지막 세 명의 생존자 중 한 명의 여자가 구조대에게 했다는 말을 여행에서 돌아온 후에야 들었다. "창피해요. 몸을 가리게 옷 좀 주세요." 장시간 지하에 잠겨 있던 그녀의 몸이 강한 햇빛에 노출되었을 때 느꼈을 그 진동이 내 몸에까지 전해지는 것 같았다.

1995년 6월 29일 목요일 오후 5시 55분. 백화점 한 층이 무너지는 데 걸린 시간은 1초에 지나지 않았다.

"그해 봄 나는 많은 것을 가지고 있었다. 비교적 온화한 중도 우파의 부모, 슈퍼 싱글 사이즈의 깨끗한 침대……"로 시작하는 소설가 정이현의 《삼풍백화점》을 읽은 건 그 일이 있은 후 10년

곧, 어른의 시간이 시작된다

이 훌쩍 지나서였다. 그것이 한 문학계간지에 실린 '자전소설'이었기 때문에 그것은 내게 소설이 아닌 작가 자신이 체험한 상처의 기록으로 읽혔다. 그때까지 나는 그녀를 활자 속에서만 느꼈지만《삼풍백화점》을 읽는 동안은 그녀와 나는 스물 몇 살의 여름을 삭제당한 상실의 공동체였다.

주인공은 취직도 하지 못하고 남자 친구도 만들지 못한 채 대학을 졸업하고, 집 근처 삼풍백화점에 갔다가 여고 시절 동창이 일하는 의류 매장에 들어간다. 취업 준비로 도서관을 다니며 시간을 때우던 그녀는 동창과 많은 시간을 함께하며 친해지지만, 일일 아르바이트로 동창을 돕다가 일어난 사소한 사건으로 멀어지게 된다. 얼마 후 취직을 한 나는 동창이 일하던 삼풍백화점 붕괴 소식을 듣는다.

나는 이 짤막한 단편의 줄거리 속에 엄청나게 많고 믿을 수 없이 놀라운 이야기들이 압축되어 있다는 걸 안다. 이 소설 속에 묘사되는 몇몇 장면들, 특히 5층의 백화점 식당가에서 냉면을 먹는 모습이라던가 지하 1층의 문구센터에서 노트를 사는 장면을 지나칠 수가 없었다. '야자'를 땡땡이치던 어느 날, 지금은 없는 그 백화점 식당에서 친구와 함께 맵고, 달고, 질긴 쫄면을 사 먹던 기억이 여전히 남아 있기 때문이다. 새로 지은 백화점 1층의 기분 좋은 향수와 화장품 냄새는 시험과 입시에 지친 내게 숨통을 틔워주곤 했었다. 대학에 가면 그런 향수를 뿌리고, 저런 립스틱을 바르고, 마네킹이 입은 옷을 입고 데이트를 하겠다고 결심하던 고등학생 시절.

삼풍백화점이 붕괴되던 해, 나는 대학교 3학년이었다. 그때의 고등학교 친구들은 몇 반의 누가 죽었고, 몇 반의 누구는 구조되어 살아났다는 소식을 내게 풍문처럼 들려주었다. 삶과 죽음 사이의 일들이 그렇게 카페에서 커피 한잔 마시며 무심히 말해질 수도 있다는 것과, 삼풍백화점이 사라진 자리에 어마어마하게 큰 주상복합이 들어서는 것을 보면서 나는 '살아 있다'는 것의 의미가 죽음과 결코 무관치 않다는 것을 깨달았다. 그토록 많은 노인들이 죽고 나서야 아이가 태어나는 것이 삶이라는 걸 알 리 없는 스물 몇 살의 일이었으므로.

부모님과 동생은 최근까지 그곳에 살았다. 5층짜리 아파트의 절반은 30층 가까운 아파트로 재건축되었다. 하늘 끝까지 높아진 아파트와 재건축 조합 추진을 위한 붉은색 플래카드가 펄럭대는 그곳을 지나갈 때마다 나는 어떤 불안감을 느낀다. 영영 고향을 잃어버린 듯한 기분이 들 때도 있다. 유년의 추억이 가득한 그곳이 낯설고 생경해지던 순간의 일을 나는 아직 아프게 기억한다. 나는 벌써 그곳을 떠나 종암동과 한남동, 일산과 대구 외곽의 신도시 여기저기를 떠돌며 살았다. 꽤 오랫동안 도시 사이를 유랑하듯 떠돌던 내겐 집보다 방이 더 익숙했다. 한동안 이런 삶이 지속되었고, 이제는 그런 삶이 꽤 고단했다고 느낀다. 문득 《삼풍백화점》의 마지막 문장을 읽다가 마지막 문장에 밑줄을 긋던 그 시절의 내가 떠올랐다.

"고향이 꼭, 간절히 그리운 장소만은 아닐 것이다. 그곳을 떠난 뒤에야 나는 글을 쓸 수 있게 되었다."

나는 어디론가
가야겠다고 생각했다

만약 누군가의 말에 깊게 베어 상처받았다면, 그 상처 때문에 숨 쉬기가 힘들어 걸을 수 없다면, 길을 걷는데도 시간이 정지한 듯 거리의 풍경이 돌연 멈춰 선다면, 지금 머릿속에 떠오른 어떤 이유 때문에 사람들이 들끓는 대낮 도로에서 울음을 삼켰다면, 당신은 아마 경주에 가야 할지도 모른다. 만약 그것이 사랑하는 사람의 죽음과 같은 돌이킬 수 없는 내상이라면, 그렇다면 경주는 당신의 상처를 말없이 끌어안아줄 것이기 때문이다.

바로 어제 학교 매점 앞에서 웃으며 헤어진 친구가 다음 날 뺑소니 사고로 죽었다는 얘길 들었을 때, 검은색 양복을 입은 사

람들이 가득한 병원 장례식장에서 믿기지 않는 그녀의 얼굴을
마주 대했을 때, 나는 어디론가 가야겠다고 생각했다. 활짝 웃고
있는 흑백의 영정사진 옆에는 평소 좋아하는 냉면도 마음껏 사
주지 못했다고 가슴을 쥐어뜯는 그녀의 엄마가 울고 있었다.

대학교 1학년 소설 창작 수업 첫 시간. 우리는 '나는 왜 문학
을 하는가!'라는 오래된 주제에 관한 글을 써야 했다. 창작 수업
시간에 들어온 교수는 마흔 명의 아이들에게 커다란 원고지를
하나씩 나누어주었다. 텅 비어 있는 원고지에 세 시간 동안 자
신이 생각하는 문학을 하는 이유를 빼곡히 적어넣어야 했다. 뭘
적어넣어야 할지 몰라서 나는 한 시간 넘게 빈 종이만 바라보고
있었다.

그러다가 나는 아주 조심스레 내가 예정보다 빨리 태어난 아
이라는 사실을 적었다. 4월 말에나 태어날 것으로 예상했던 아이
는 느닷없이 2월에 태어났다. 통금이 있던 새벽, 만약 집 앞에 우
연히 택시가 서 있지 않았다면 나는 유난히 추웠던 1974년 2월
의 칼바람에 얼어 죽었을지도 모른다. 엄마가 산부인과에 도착
했을 땐 이미 양수가 터진 후였다. 겨우 스물두 살이던 엄마는
축축하고 뜨거워진 자신의 다리를 망연자실하게 바라봤다. 자
궁문은 열려 있었고 내 머리는 세상 쪽으로 이미 나와 있었다고
했다.

당시 내 몸무게는 1.9킬로그램. 어린 엄마는 내 얼굴을 보자
마자 자지러지게 울었다. 너무 작아서, 너무 까매서, 너무 쪼글
거려서, 도무지 사람 같아 보이지 않아서였다. 큰고모는 얼굴까

지 일그러뜨리며 그때의 일을 말했다.

"정말 너무 못생겼었어. 이티 같았다니까."

태어난 날과 출생 신고일이 다른 건 부모님의 선택이었다. 오래 살지 못할 것 같아 출생신고가 늦었던 것이다. 나는 '단명'의 조건을 여러모로 움켜쥐고 태어난 아기였다. 내가 '영옥'이라는 1960년대풍의 이름을 가지게 된 것도, 일찍 죽을 것을 염려한 가족들의 지극한 근심 때문이었다. 물어물어 유명하다는 작명소에 찾아간 나의 부모는 다른 건 묻지 않고 무조건 무병장수할 이름을 원했다. 작가가 된 후 나는 촌스러운 내 이름을 세련된 '필명'으로 바꾸기 위해 골몰했었다. 하지만 우여곡절 끝에 결국 소설가로서의 삶도 본명인 '백영옥'으로 살아가게 됐다. 필명과 본명 사이에서 고민할 때, 아빠는 '영옥'이라는 이름이 나를 끝까지 지켜줄 거라고 몇 번이고 말했다.

나는 자주 아픈 아이였다. 집에서 멀지 않던 신촌 세브란스 병원 응급실의 단골 환자로, 감기에 걸리면 당장 폐렴이 됐고, 열이 조금만 나도 열병처럼 번져 경기가 났다. 아픈 나를 들쳐 업고 엄마는 남가좌동의 좁은 골목을 장거리 선수처럼 질주했다. 변비가 극심했던 어린 딸의 아픈 항문을 아빠는 휴지가 아닌 당신의 손가락으로 파내곤 했다. "널 키우는 동안 네 아빠는 손톱을 피가 날 정도로 바짝 깎을 수밖에 없었어. 얼굴 들이대고 네 엉덩이 사이에 낀 똥을 파내느라고 말이지. 휴지로 닦으면 항문 주위가 벌겋게 달아올랐거든." 가족들은 2월에 내 생일을 축하하고, 친구들은 4월에 내 생일을 축하한다. 하지만 바쁘게 살면서, 생일 케이크를 매해 두 번씩 선물받는다는 게 인생에서 어떤 의미인지 나는 자주 잊는다.

스무 살. 소설 창작 수업 시간. 왜 문학을 하는가에 대한 답을 찾다가 나는 60일이란 시간 동안 인간이 할 수 있는 일들을 생각했다. 보통의 아기들에게는 허락된 10개월의 시간. 하지만 내게는 결락된 채 사라진 60일이란 시간을 말이다.

생각해보면 60일이란 많은 일이 일어날 수 있는 시간이었다. 딱딱한 흙에 씨앗을 뿌리면 뿌리를 내리는 것으로 모자라 꽃이 피었다 지기도 하는 시간이었다. 세상에 아예 존재하지 않던 것이 존재할 수도 있는 그런 긴 시간 말이다.

그 진공의 시간들을 떠올렸다. 60일. 내게서 사라진 그 시간이 내 안에 돌이킬 수 없는 결핍을 만들었다고 오랜 시간 믿었다. 태생적으로 가지고 태어나지 못한 60일만큼의 시간을 채우기 위해 어쩌면 내가 무엇인가를 쓰는 일을 하게 되었다고 생각했다. 그렇게 나는 텅 비어 있던 원고지를 빠르게 메우기 시작했다.

은아. 학교 매점에서 근로학생 아르바이트를 하던 소녀. 안경 너머 늘 눈을 반짝이던 은아. 장학금을 받고 학교에 다니던 은아. 은아의 원고지에서 '팔삭둥이'란 단어가 나왔을 때, 놀랍게도 우리는 사라진 두 달의 시간을 결핍이란 같은 말로 표현하고 있었다. 환하게 웃고 있는 그녀의 영정사진 앞에서 나는 그녀가 말했던 '두 달'을 떠올렸다.

문득 대학 1학년 때 함께 찍은 그녀와 나의 사진이 떠올랐다.

스물한 살의 내게 누군가 죽는다는 건, 어느 날 컬러사진이 난데없이 흑백사진으로 뒤바뀌는 것을 의미했다. 얼마 동안 누군가의 흑백사진을 보면 별안간 코끝이 아팠다.

은아의 죽음을 알던 날은 추석 즈음이었다. 울어서 부어터진 얼굴로 송편을 꾸역꾸역 먹다가 송편에 붙어 있던 바늘 같은 솔잎에 입술을 찔렸던 기억. 한참을 울고 난 후, 장례식장에서 먹은 갈비탕이 너무 맛있다는 사실에 나는 어쩔 줄을 몰랐다. 어른들이 자조적으로 하던 말, 산 사람은 그래도 살아야 한다는 말이 어떤 의미인지 불현듯 알아버린 것 같아서 몸서리나게 내가 싫었다.

◇◇◇◇◇◇

한때 나는 경주에서 태어나거나 자란 아이들을 부러워했다.

안개가 피어오르던 경주 삼릉에서 새벽의 소나무를 보다가, 근처 들깨 칼국수 집에서 부드러운 국수 가락을 넘기다가, 그곳으로 이사 갈 생각에 동네 근처의 부동산을 돌아다니던 기억도 어렴풋이 났다. '경주빵' '황남빵' 같은 빵집 간판이 유달리 많아 마음이 갓 구운 빵처럼 부풀어 올랐던 기억 역시. 딸을 낳으면 이름을 '경주'라고 짓고 싶을 만큼 경주를 좋아했다.

대학 시절, 강석경의 《인도 기행》을 읽었다. 《인도 기행》을 읽은 건 그 전에 헌책방 거리에서 산 에세이 《일하는 예술가들》이 좋아서였다. 그렇게 《능으로 가는 길》과 《강석경의 경주산

책》을 읽었다. 어찌 된 까닭인지 그녀의 소설보다 에세이를 훨씬 더 많이 읽은 셈이다.

강석경이 쓴 경주 이야기를 좋아했다. 그녀는 경주의 11월을 '첼로의 저음' 같은 11월이라고 표현했는데, 신라의 능을 걸으며 상처받은 몸을 이끌고 경주에 돌아온 자신을 스스로 '회귀했다'라고 표현한 것이다. 그 능을 걸으며 그녀는 류시화의 〈슬픔에게 안부를 묻다〉 같은 시를 떠올리고 삶의 슬픔에 대하여 노래한다.

너였구나

나무 뒤에 숨어 있던 것이

인기척에 부스럭거려서 여우처럼 나를 놀라게 하는 것이

슬픔, 너였구나

나는 이 길을 조용히 지나가려 했었다

날이 저물기 전에

서둘러 이 겨울숲을 떠나려고 했었다

그런데 그만 너를 깨우고 말았구나

(…)

류시화, 《그대가 곁에 있어도 나는 그대가 그립다》 중
〈슬픔에게 안부를 묻다〉 일부, 열림원, 2015

내가 처음 경주에 와서 가장 놀란 건, 무덤이 있는 공원이 너무

많다는 것과 그 무덤 앞에서 아이와 함께 배드민턴을 치거나 연인과 함께 김밥을 먹는 사람들이 많다는 것이었다. 그림을 그릴 줄 안다면, 그때의 모습을 연필로 전부 스케치하고 싶었다. 특히 밤의 대능원을 걷다가 바람이 불어 불빛 속 나무들이 흔들리기라도 하면 그것은 나무들의 수화로, 수런수런 죽은 자들이 내는 묵음처럼 들린다. 대능원은 반드시 낮이 아닌 밤에 가봐야 한다.

내게 경주는 빵처럼 부풀어 오른 천 년의 무덤가 옆에서 아이가 뛰어놀고, 연인들이 일상을 얘기하고, 나이 든 부부가 배드민턴을 치는 모습으로 남아 있다. 죽음 앞에서도 기어이 삶은 움직이고 무덤가에서도 뿌리 깊은 나무와 꽃들이 자라는 기막힌 모습 때문에 나는 늘 이 먼 도시까지 와서 마음속 상처 하나를 슬며시 내려놓고 가는 게 아니었을까. 그래서 불현듯 맞닥뜨린 친구의 죽음 앞에서 나는 그곳으로 달려가 숨어들었던 게 아니었을까. 내게 친구는 영원히 스물한 살인 채로 기억 속에 남아 있다.

그녀의 죽음 이후, 몇 년 동안 나는 흑백사진을 찍을 수 없었다.

그녀가 꿈에서도 살아보지 못한 나이를, 나는 지금 꾸역꾸역 살아가고 있다.

태어나는 그 순간부터 삶은 누구에게도 플러스가 아닌 마이너스지만, 그 누구도 '죽어간다' 말하지 않고, '살아간다'라고 말하는 이 삶을.

버스를 타고.

꿈은 꼭 이루어지는 것도 아니며 그것이 이루어졌다고 반드시 행복해지는 것
도 아니다. 현실적으로 꿈은 단지 꿈으로 끝나는 경우가 많고, 꿈을 이루지 못
할 땐 어떻게 받아들이느냐가 더 중요하다.

사람을 가장 힘들게 하는 것은 한때 눈부시게 빛나던 재능이다. 가장 잘하고,
가장 익숙하고, 열심히 했던 것들이 결국 족쇄가 된다. 가장 가까이 있던 것들
이 가장 멀리 달아나고, 가장 사랑했던 것들이 가장 먼저 배반한다.

이상하다,
바람이 일기 시작한다

한때 내게 윤대녕의 소설을 읽는 것은 여행을 떠나는 일이었다. 그것은 이름 모를 '그곳'이 아니라 '선운사'나 '백담사'처럼 구체적인 지명이고, 원주의 '영화 은마차'처럼 실제로 존재하는 오래된 중국식당 안이며, 그곳에서 한 여자를 만나는 일이고, 그 여자와의 일이 결국은 먼 길을 돌아 자신의 삶에 채워진 괄호를 헤아려보는 것임을 깨닫는 일이었다. 그렇게 지방의 모텔이 나오고, 일상의 밥집과 술집이 나오고, 사연이 있는 듯한 여자가 나오고, 그 여자와의 하룻밤이 등장하고…….

가끔 여행을 떠나고 싶을 때, 하지만 떠날 수 없을 때 윤대녕의 소설을 읽었다. 그의 어떤 소설을 꺼내 들고 문장들 속에서 스쳐 지나가는 여행자의 뒷모습을 바라보았다. 어떤 사람들은 변신과 변화를 원하지만 나는 일정한 리듬을 가지고 그것을 계속해서 밀어붙이는 사람들에게 친근감을 느꼈다.

윤수와 해란의 인연 역시 10년을 넘어, 은어가 회귀하듯 과거로 거슬러 올라간다. 한때 연인이었던 그들은 오해 때문에 헤어진다. 하지만 결혼한 해란이 자신의 결핍을 견디지 못해 윤수에게 연락할 때마다 이들은 끊어질 듯 끊어지지 않는 시간을 견디며 인연을 이어간다. 어느 날 해란이 자살을 시도했다는 연락을 받기 전까지, 그래서 폭설이 쏟아진 백담사로 윤수가 그녀를 만나러 달려갈 때까지, 차갑지도 뜨겁지도 않은 상태로 말이다. 20분이면 될 거리를 두 시간이나 가야 하는 지독한 눈길 위에서 이들은 서로의 모습을 확인하고 그제야 서로를 마주보고 서 있게 된다.

《대설주의보》를 읽던 밤 2009년 11월의 인제를 떠올렸다. 11월 3일. 인제에 큰눈이 내렸다. 인제에 오래 머물면서 백담사까지 걸어가 차 한 잔을 마시고, 다시 오세암까지 올라가겠다는 내 계획은 그렇게 무산됐다. 유난히 눈이 많던 해에 백담사의 눈길을 걸었다는 한 선배의 얘길 들었다. 우리는 셔틀버스를 타고 올라갈 것이 아니라, 백담사까지 걸어 올라가는 모험을 감행해야 한다는 데 의견을 모았다. 그곳의 길과 나무와 바람을 느끼려면 무조건 걷는 수밖엔 없다고 말이다. 그런데 함께 점심을 먹던 선배가 언 눈이 녹는 봄 즈음에 백담사 길을 걷다 보면 인

곧, 어른의 시간이 시작된다

간이 참 별거 아니구나, 느낄 수 있는 광경을 볼 수 있노라 얘기하며 스님 같은 화두를 던졌다.

"내려갈 때 보았네, 올라갈 때 못 본 그 똥."

함께 밥을 먹던 내가 "그게 사람 똥이라는 걸 어떻게 확신해요?"라고 따져 묻자 그가 아욱국을 먹으며 슬며시 웃었다. "똥 옆에 살포시 놓여 있는 꾸질꾸질 누런 목장갑은 뭘 의미하겠니?" 나란히 앉아 아욱국으로 점심을 먹던 그날, 아욱국이 똥국으로 보였다. 그래도 뜨거운 아욱국은 추운 날 정말이지 맛있어서, 나는 깨끗이 비운 빈 밥사발을 들고 있었다.

걸어서 백담사로 올라가는 길엔 바람이 많이 불었다. 언 눈이 햇볕을 고스란히 머금어 반짝거렸다. 나는 자꾸만 황동규의 〈미시령 큰바람〉을 중얼거렸다.

나무들은 조용하다
옛 책상의 얼굴을 한번 조심히 쓰다듬어본다
내 내장, 관절, 두뇌 피질 여기저기서
녹물이 흘러나온다
녹물이 사방에 번진다
옛책상의 얼굴을 한 번 더 쓰다듬는다
지구의 얼굴이 부드러워진다

이상하다

바람이 일기 시작한다

....

황동규, 〈미시령 큰바람〉

녹슬어 그리운 얼굴들, 백담사의 고요한 경내, 그런 것들을 만나러 가는 길에 내린 눈과 바람은 장애물이 아니라 더 큰 그리움으로 호출되어 내 앞에 서 있었다. 미시령에 큰 바람이 불때, 대관령 옛길의 오래된 휴게소에서 먹던 뜨거운 감자와 인스턴트 커피의 맛이 떠올랐다. 눈은 이미 그쳤고 하늘은 핏줄 하나 없이 말개져 있었다. 폐쇄된 미시령의 휴게소. 그곳에 머물던 구름과 구름을 천천히 밀어내던 바람이 눈앞에 그려졌다.

◇◇◇◇◇◇

윤대녕의 소설을 읽던 밤, 떠나는 사람의 소설을 써야겠다고 생각했다. 지금은 폐쇄된 미시령의 휴게소가 등장하는 소설. 많은 사람들이 올라와 휴식하며 거대한 산바람을 맞고 마음을 씻어내던 곳. 그것은 한때 뜨겁던 것이 식어갔을 때의 온도차만큼 마음속에 가라앉았다.

인제의 바람이 매섭던 날, 골방에 틀어박혀 소설을 써내려갔다. 시동생에게 이혼한 남편의 교통사고 소식을 듣고, 전남편이 자신에게 남겼다는 유품을 찾아 떠나는 여자의 이야기였다. 여자가 거대한 눈의 그림자 같은 미시령의 폭설에 갇히는 순간, 소설이 잠시 중단되었다. 등 뒤로 계속해서 바람 소리가 매섭게 들려왔다.

그날, 나는 그곳에 다시 가보기로 했다. 그렇게 나는 구불구불한 길을 돌아 폐쇄된 미시령 휴게소 앞에 서 있었다. 바리케이드가 쳐진 그곳에서 차가운 자물쇠를 손으로 만져보았다. 손끝에 얼음이 박혔다. 바람이 너무 차서 눈물조차 얼려버릴 기세였다.

헤어졌지만 행복하게 잘 살고 있을 줄 알았는데, 그랬었는데, 이미 망자가 된 이의 유령과 마주쳤을 때 사람은 무엇을 말할 수 있을까. 그렇게 사랑했음에도 불구하고 어쩔 수 없이 잊혀지는 것들 때문에, 터무니없이 사라지는 것들 때문에, 서러웠다. 뜨거운 것이 식었을 때 그것은 종종 더 차가워지므로, 눈발이 내려앉아 잔뜩 곱은 손의 통증은 더 아렸다. 그때의 기분을 잊지 않기 위해 나는 눈을 부릅뜨고 미시령의 큰바람을 전부 다 맞았다.

그날, 나는 감기에 걸렸다.

일주일 하고도 사나흘쯤 더 아팠던 것 같다.

옛 농담이 생각나네.
　　어떤 남자가 정신병원에 찾아와서 이렇게 말해.
우리 형이 미쳤어요. 자기를 닭이라고 생각해요.
그러자 의사가 대답하지, 그럼 당신 형을 데리고 와봐요.
　　그 친구 대답이 뭔 줄 알아? 그럼 달걀을 못 낳잖아요!

　　남녀 관계도 그런 것 같아. 비이성적이고, 광적이고 부조리해.
하지만 어쨌든 난 계속 사랑을 할 거야.
　　왜냐하면 우리에겐 달걀이 필요하니까.

　　　　　　　　　　　　우디 앨런, 영화 〈애니홀〉 중에서

36.5도보다
더 온기 있는 것들

"안개 핀 호수를 건너 태백 이전으로 날아가는 시간들, 날아가 아픈 이마 위에 놓여질 착한 물수건 같은 시간들, 그 이마 위에서 안개처럼 피어오를 미열들, 그 미열들을 끌어안고 안개꽃이 되고 있는 저 여자 제 꼬리를 문 물고기 같은 여자 한때 나였던 저 여자 활엽수 같은 웃음소리를 지닌 저 여자……."

안현미, 《이별의 재구성》 중 〈안개 사용법〉, 창비, 2009

안현미 시인의 〈안개사용법〉을 읽고 있을 때, 나는 연희문학 창작촌의 작은 방에 누워 하루의 대부분을 잠으로 소비하고 있었다. 그때가 무척 더운 여름이었기 때문에 방 안에는 선풍기를 들여놓았다. 2단쯤으로 맞춰진 선풍기 바람은 자꾸만 책장을 제멋대로 이리저리 넘기고 있었다. '활엽수 같은 웃음소리'라는 대목에서 나는 잠시 숨을 멈추고, 태백 어딘가로 달려가고 싶은 충동을 억눌렀다.

작가가 되고 난 후 내가 겪은 작은 기적 중 하나는, 좋아하는 책을 쓴 사람과 친구가 되거나 선후배가 될 수 있다는 사실이었다. 내가 그녀를 처음 본 건 문학동네 신인상을 받고 소설가로 등단하던 2006년의 가을 인사동 어느 식당에서였지만 내가 그녀를 기억하는 건 2010년의 연희동, 그 방, 하루 종일 졸음에 취해 있던, 창문이 닫힌 그 방에서였다. 그녀는 작가들 중에서도 누구보다 눈에 띄었다. 누구보다 목소리가 컸고, 누구보다 달게 소주를 마셨고, 그래서 누구보다 다부지고 강해 보였다. 그것이 시인에 대한 내 첫인상이었는데 나는 한동안 그런 인상 그대로 그녀를 간직했다.

그러나 졸다, 웃다, 울다가, 안현미 시인의 시집을 읽던 시간. 선풍기가 제멋대로 넘겨버린 시집 중간쯤에 잠시 책을 놓고, 문득 이토록 아름답고 예민한 시를 쓰는 사람이 목젖이 보일 정도로 유쾌하게 웃을 수 있는 사람이라는 것에 안도했었다. "침묵에 대하여 묻는 아이에게 가장 아름다운 대답은 침묵이다. 시간에 대하여도 그렇다"로 시작하는 〈시간들〉의 첫 문장에선 창밖을 내다보며 긴 한숨을 내쉬었던 기억이 난다.

태백산으로 말라죽은 나무들을 보러 갔던 여름이 있었지요

그때 앞서 걷던 당신의 뒷모습을 보면서 당신만큼 나이가 들면 나도 당신 같은 사람이 되고 싶다 하였습니다

이제 내가 그 나이만큼 되어 시간은 내게 당신 같은 사람이 되었 냐고 묻고 있습니다 나는 대답을 할 수 없어 말라죽은 나무 옆에 서 말라죽어가는 나무를 쳐다보기만 합니다

그러는 사이 바람은 안개를 부려놓았고 열일곱 걸음을 걸어가도 당신은 보이지 않습니다 당신의 시간을 따라갔으나 나의 시간은 그곳에 당도하지 못하였습니다

당신은, 여름안개 같은 당신은, 당신에 대하여 묻는 내게 가장 아 름다운 대답인 당신을 침묵과 함께 놓아두고 말라가는 시간

안현미, 《이별의 재구성》 중 〈시간들〉, 창비, 2009

내가 쓰던 시들이 혹평받아 쪼그라들던 시 창작 시간이, 그리 고 세상의 시인들은 무릇 태백이나 김천처럼 흙냄새 폴폴 나는 곳을 고향으로 두고 이런 시를 쓰는구나 통탄하던 때가 떠올랐 다. 그러다가 벌컥 방문을 열고, 그녀가 일하는 연희문학창작촌 사무실까지 걸어가, 시가 좋다는 말 대신 책상 위에 놓인 과자 를 보며 과자가 맛있냐는 엉뚱한 소리나 해대곤 했다.

이 글을 쓰다가 소설가이기도 한 기자 조용호가 쓴 안현미 시인에 대한 글을 읽었다. 〈길 위에서 읽는 시〉라는 제목이 붙

은 그 글을 읽다가 나는 내가 미처 풀지 못한 시의 한 부분이 절로 풀어지는 경험을 했다.

"서울여상에 진학했고, 졸업 후 대기업 사무보조원으로 취직해 살다가 이십 대 후반에 서울산업대학 문예창작과 야간반에 등록했고, 사무보조원 시절 아현동 월세방에서 살면서부터 '더듬더듬, 거짓말 같은 시를' 타전하기 시작했던 그네는 결국 시인이 되었다……. 스물한 살 때, 그네는 생의 크레바스에 도달했다. 이대로 살아야 하는 건지, 삭발하고 산문에 들어야 하는지 막막하고 슬펐다. 한 번도 자신을 먼저 찾지 않았던 생엄마를 찾아가는 건 자존심이 상했지만 중요한 문제였다. 아무에게도 묻지 않고, 어린 시절 기억에 남은 '뚱순이 엄마'를 찾아 태백으로 갔고, 장성광업소 함바집에서 만난 그 엄마는 대수롭지 않게 "인중에 점이 있는 걸 보니 맞네" 하면서 밥을 고봉으로 퍼주었다." 같은 문장을 읽으면서 말이다.

친구와 함께 태백에 간 적이 있었다. 친구는 사진 비슷한 걸 찍겠다고 무거운 카메라와 렌즈를 잔뜩 들고 있었고, 나는 소설 비슷한 걸 쓰겠다고 노트북과 가브리엘 가르시아 마르케스의 소설 《백 년의 고독》처럼 두꺼운 소설들을 잔뜩 챙겨 넣었다. 그때, 내가 차에서 본 태백의 풍경은 너무 희면서 검고 사람들은 창백해서, 그곳이 한때 한국 탄광 산업의 메카였다는 것이 그려지지 않을 정도였다.

강원도의 굽이진 길을 돌아가느라 한껏 차멀미에 시달렸기 때문에 우리는 일단 어디든 내려서 따뜻한 것을 먹고 싶었다.

가령 황태국밥 같은 것. 설렁탕이랄지, 인간이 가진 36.5도보다 더 온기 있는 것들을. 그곳의 어느 식당에서 우리는 뜨거운 국밥 한 그릇씩을 바닥까지 긁어 먹었다.

그때, 내 배낭에 마르케스의 소설이 아니라 안현미의 시집이 있었다면 아마 내 기억 속 태백의 풍경은 얼마쯤 달라져 있었을지 모른다. 젊은 사내의 등근육 같은 태백의 산은 조금 더 아련하게 깊어졌을 것이다. 〈시간들〉의 마지막 구절은 이렇다. "열일곱 걸음을 더 걸어와 다시 말라죽은 나무들을 보러 태백에 왔습니다 한때 간곡하게 나이기를 바랐던 사랑은 인간의 일이었지만 그 사랑이 죽어서도 나무인 것은 시간들의 일이었습니다." 순간 내 이마로 태백에서 불어오던 스산한 바람이 느껴졌다. 그것은 분명 선풍기 바람은 아니었다.

이마에 흐르던 땀을 선풍기가 아닌 시집에서 불어온 서늘한 바람으로 말려내던 그해 연희동의 여름, 나는 그렇게 또 한 계절을 넘겼다. 그것이 기억 나 2년이 지난 어느 날, 그녀에게 무턱대고 새로 나온 신상품 담배 한 갑을 보냈다. 시인에게 담배가 독이 되는지 약이 되는지 그것이 잘한 짓인지 아닌지는 아직도 모르겠지만.

사랑니를 몇 년간 방치한 채 못 뽑고 있었다. 뽑지 못한 사랑니는 스트레스를 받거나 술 마신 다음 날이면 하루 종일 욱신거렸다. 입을 벌리면 잇몸이 발갛게 달아 있고, 아픈 티도 완연하다. 어느 날, 치과에 갔더니 의사는 엑스레이 사진을 보여주며 '다행'이란 단어를 신중하게 골라 썼다. 오른쪽 어금니 옆에 난 사랑니는 비교적 가지런히 돌출되어 있었기 때문에 그때, 굳이 뽑지 못할 이유가 없었다. 그런데 이상하게 사랑니를 뽑지 않고 돌아갔다. 그렇게 몇 년을 방치했다. 사랑니란 그런 걸까. 아무 쓸모가 없는데도 방치하다가 결국 극심한 통증이 생겨야 뽑아버리는 존재.

첫사랑이 사랑니 같단 생각을 가끔 한다.

첫사랑이 모든 사랑을 결정하는 건 아니지만 많은 부분 한 사람의 인생에 영향을 미치는 건 사실이다. 장 마르크 파리지스 는《마지막 첫사랑》에서 "연인들은 그들만의 어휘를 가지고 있 다. 연인들은 그들만의 사전을 가지고 있다. 그 사전 속 단어는 그들이 키스를 주고받을 때마다 새로운 의미를 가지게 된다. 결 국 나는 그로 인해 고상해지고, 영원한 생명을 얻게 된다. 나는 아름다운 여인에게 쾌락과 망각을 베풀 수 있는 신이었다. 남자 들은 명예, 돈, 말 등을 가질 수 있다. 하지만 사랑에 빠진 남자 들은 그 무엇보다 자신이 사랑하는 여자를 즐겁게 해줄 수 있는 능력을 가지고 싶어한다"라고 말했다.

영화 〈사랑니〉의 주인공 인영이 제자인 이석에게 빠진 건 그 가 자신의 첫사랑과 너무 닮아서였다. 이미 실패했고, 실패할 줄 알면서, 세상에는 첫사랑과 닮은 사람에게만 또다시 빠지는 사람이 존재한다. 여기에서 부사 '다시'와 조사 '만'은 피할 수 없는 '상태'의 증거물이다. 그 모든 실패에도 불구하고 첫사랑과 목소리가 비슷해서, 얼굴이 닮아서, 성격이 유사해서, 사는 동네 가 같아서 '다시' 빠지는 사람들이 있다는 건 작가의 입장에선 평생 연구해야 할 과제처럼 느껴진다. 이것은 단순한 취향의 문 제가 아니다. 이때 취향은 운명이 된다.

그러므로 이때 우리는 '이 상태를 사랑한다' 말하지 않고, '사 랑에 빠졌다'라고 말해야 마땅하다. 실패인 줄 알면서, 절망인

줄 알면서, 파멸일 줄 알면서도 또다시 걸어 들어가므로. 수영
하는 법을 영영 배우지 못한 채, 익사할 줄 알면서도 말이다.

◇◇◇◇◇◇

영화 속 인영의 집이 등장하는 삼청동은 2004년이나 2005
년 즈음의 삼청동이다. '카페베네'나 '커피빈', '던킨도너츠'가 없
던 시절의 삼청동. 그래서 인영이 자전거를 타고 달리는 골목
위엔 잘 꾸며진 레스토랑이나 카페 대신 좁고 작은 주택들이 서
있다. 동네의 가로수와 전등은 지금보다 더 어두웠고, 방앗간이
딸린 쌀집에선 플라스틱 컵에 테이크아웃 식혜가 아닌 그냥 쌀
을 팔았다. 작은 마당을 낀 그녀의 한옥 집은 이제 단촐한 삶을
사는 사람들은 꿈도 못 꿀 정도로 가격이 올랐고, 북촌엔 관광
안내원이 상주하고 주말에는 사람들이 가득하다. 많은 것들이
변했고, 내 기억 또한 그렇다.

〈사랑니〉는 영화 자체보다 정지우 감독의 인터뷰가 기억에
더 오래 남아 있다. 그가 인영 역의 배우 김정은에게 처음 건네
준 게 칠판이었다는 사소한 에피소드 같은 것 말이다. 기사를 읽
다가 정지우 감독이 주인공 '조인영'에 대해 한 말이 떠올랐다.

"자기가 얼마나 소중한 존재인지 아는 여자. 행복한 여자. 남
의 얘기를 하느라 인생을 낭비하지 않는 여자."

남의 얘기를 하느라 인생을 낭비하지 않는 여자. 이 말을 들
었을 때, 어딘가 얻어맞은 기분이었다. 살면서 우리는 나 아닌

다른 사람의 얘기에 얼마만큼 귀 기울이고 살까. 인생의 주인은 '나'라고 말하지만 결국 스스로에게 물어 정말 그렇다고 얘기할 수 있는 사람은 몇 명이나 될까.

사람들은 행복을 어디선가 '오는 것'이라 말하곤 하지만, 행복이 그런 먼 곳에서부터 오는 추상적인 것일 리 없다. 행복은 '오는' 게 아니라 '있는' 것이다. 내가 애써 발견하는 것이다. 의지를 가지고 선택해야 비로소 손에 잡히는 것이다. 나는 행복의 시작이 비로소 자신의 마음에 귀를 기울이는 힘이라고 믿어왔다. 그래서 미래의 꿈조차 부모가 대신 꿔주는 사람들이 있다는 게 맘 아픈 일이라 생각한다. 다른 사람에게 충고하느라, 다른 사람의 얘길 듣느라, 남의 눈치를 보느라, 우리는 스스로의 마음속 고통이나 말들을 얼마나 무시하며 산 걸까.

엘리자베스 길버트는 자신의 여행기《먹고 기도하고 사랑하라》에서 "미국인들은 쉬고 즐길 줄 모른다. 광고에서 겨우 가르쳐줘야, '밀러 타임!'이라고 외쳐야 여섯 개들이 캔 맥주를 사 가지고 와서 실컷 마시고 다음 날 숙취로 고생한다"라고 말한다. 광고에서 가르쳐주는 대로 특정 브랜드 아파트에서 살고, 차를 타고, 카드를 들고 떠나야만 행복한 삶을 살게 되는 걸까. 우리가 때때로 발음하기조차 힘든 나라로 긴 여행을 떠나고, 밤을 새워 책을 읽고, 음악을 들으며 눈물을 흘리는 건 마음속 깊숙이 잠겨 있는 나의 진짜 이야기에 귀 기울이기 위해서는 아닐까.

나는 그제야 이 여자가 그 봄날, 울고 있었는데도 어째서 그

곧, 어른의 시간이 시작된다

토록 반짝였는지 알 것 같았다.

　황량한 겨울이 지나고 봄에 꽃이 피면 왜 마음에도 봄바람이 부는지, 이제야 알겠다.

사랑이 고독을 말끔히
해결해주진 않는다

가끔 드라마 〈연애시대〉를 '다시' 본다. 15년 전, 롤러코스터의 조원선이 부른 〈그대여, 안녕〉은 가사를 외울 수 있는 몇 안 되는 노래다. 드라마를 보다가 친구들을 떠올리기도 한다. 이미 갔다 온 사람(이혼), 가지 못한 사람(연애 중), 가고 싶어하는 사람(데이팅 앱이나 결혼정보업체를 이용 중인 사람), 가기 싫다는 사람들(비혼주의자)……. 시절은 그렇게 흘러 이젠 이혼한 남자와 다시 연애하는 (당시로서는) 파격의 드라마가 '리얼'이 되고 〈우리, 이혼했어요〉 같은 예능 프로그램으로까지 이어졌으니, 말을 아끼자,

곧, 어른의 시간이 시작된다

시간이 얼마나 빠른지, 세상이 얼마나 빠르게 변해가는지에 대해.

한때 하루에도(한 달이 아니라!) '연애 심리서'를 몇 권씩 읽고 리뷰를 쓴 적이 있었다. 연애에 관심이 많아서라기보다 그것이 내 직업이었다. 인터넷 서점 인문·실용서 담당 MD. 그때도 고전적인《화성에서 온 남자, 금성에서 온 여자》개정판 시리즈뿐만 아니라《실용연애전서》나《남자사용설명서》같은 책들이 하루에도 몇 권씩 쏟아져 나왔다. 어떤 날은 열 권쯤 되는 책의 리뷰를 쓰기도 했다. 심지어 내가 썼던 리뷰들을 자동연상기법으로 기억해낼 수 있을 정도로 판에 박힌 말들을 기계적으로 쓰기도 했다.

이를테면 '연애란 게임이다. 갑과 을의 관계다. 더 많이 좋아하는 쪽이 언제나 지는 게임'이다, 같은 지루하지만 성경 말씀처럼 쓸 수 있는 내용을 종종 인용했었다. 에리히 프롬의《사랑의 기술》에 나오는 '사랑이란 상대방의 생명과 성장에 대한 적극적인 관심' 같은 말을 인용하기도 했다. 물론 알랭 드 보통의 '우리 모두는 불충분한 자료에 기초해서 사랑에 빠지며, 우리의 무지를 욕망으로 보충한다……. 가장 매력을 느끼지 못하는 사람을 쉽게 유혹할 수 있다는 것은 사랑의 아이러니 가운데 하나다' 같은 문장에 밑줄을 그으면서 말이다.

한쪽이 뜨거워져야 간신히 다른 한쪽으로 번져가는 사랑에 대해 참 많이 얘기했었다(이게 바로 첫사랑이 짝사랑인 자의 연애

부작용이다). 정작 중요한 건 이 모든 이론과 아포리즘은 실제 연애에 아무런 도움이 되지 못한다는 것이다. 몰라서 못하는 게 아니라 많이 알아서 탈인 것이다. 연애는 지식의 영역이 아니라, 철저히 감정의 영역이며 생각보다 더 본능적이다. 사랑 가라사대 그래서 늘 동서고금 불문하고 섹스가 문제인 것이다.

그러니 열심히 교과서 파서 대입학력고사에서 수석으로 합격했다는 사람은 있어도 책 파서 연애도사 됐다는 사람이 없는 것이다. 그랬다면 수년간 다량의 연애 심리서를 리뷰한 나는 벌써 '연애의 신'이 되어 있어야 마땅하다.

문득 〈연애시대〉의 이혼 커플이나 다양한 영화나 드라마에 등장하는 이혼 커플이 서로를 친구처럼 대할 수 있었던 건, 심리적 피로와 함께 찾아든 육체적 소진 때문일 수 있겠단 생각이 든다. 잠자리 문제가 이혼 사유가 된다는 건 뭘 의미하는 걸까. 또 그 사람과의 사이에서 침대가 사라지고 난 후 따뜻한 우정이 생기는 건? 열정과 로맨스가 사라지고 난 후 다시 찾아오는 사랑은 남자와 여자가 아닌 사람과 사람으로 만나는 일일지 모른다. 그것이 두 번째 사랑이 주는 교훈이다.

소설가 야마다 에이미는 소설 《공주님》에서 이렇게 말했다. "당연하다. 나에 대해 정통한 건 그녀뿐이다. 그녀는 나에 대해 알려고 하지 않았기 때문에 나에 대해 정통할 수 있는 거다."

이것이 호스티스, 누드모델, 수많은 남자와의 연애와 실패를 통해 수없는 스캔들을 불러일으켰던 야마다 에이미의 통찰이다. 알려고 하지 않는 것. 그저 바람이 불면 부는 대로, 꽃이 피면 피는 대로 놔두는 것. 연애에 관해서 아무리 생각해도 그게 정답에 가까운 것 같다. 근데 어디 그게 말처럼 쉽나?

'헤어져!'라는 답을 알아도 소용없는 세계,
그것이 연애인 것을.

◇◇◇◇◇◇

오랫동안 독신으로 지냈던 한 친구가 첫 번째 맞이하는 결혼 기념일을 어떻게 보내야 특별할지 물어본 적이 있었다. "넌 소설가니까 뭔가 좋은 아이디어가 있을 것 같아"로 시작하는 친구의 말에 나는 말했다.

"음…… 네가 결혼식을 올렸던 바로 그곳에 가보는 건 어때?"라고 말이다. "토요일 저녁 여섯 시라면 그 날짜, 그 시간에 남편이랑 함께 가는 거지. 넌 정신없이 결혼하느라 널 축하하기 위해 온 하객들이 먹었을 음식을 먹지 못했을 거잖아, 안 그래? (친구가 동감한다는 듯 고개를 마구 끄덕끄덕!) 결혼기념일을 기념하는 좋은 방법은 내가 결혼했던 바로 그 장소에서 같은 시간, 같은 날짜에 결혼하는 다른 커플의 웨딩 세리모니를 보는 거야. 신랑 신부가 얼마나 어리둥절한 얼굴로 정신없이 카메라, 스마트폰에 찍히는지 보는 것도 재미있을걸. 폭죽 터질 때 놀라는 표정도 봐두라고! 결혼한 당사자인 나는 정작 제때 먹지 못했던 피로연 음식을 먹으면서 말이야. 식사 값으로 축의금을 내고,

그 시절을 완벽히 복기해내는 거야."

친구는 내 제안이 재밌었는지 깔깔댔다. 농담으로 한 말이 아니었는데 농담으로 들은 게 분명했다. 어느 해인가 나는 실제 내가 결혼한 곳에서 피로연 음식을 먹는 모험을 강행했다. 그때의 경험이 만약 소설이 된다면 이 소설의 제목은 두말할 것도 없이 《결혼기념일》이 될 것이다. (실제로 이 글을 쓰고 나서 같은 제목의 단편을 썼다.)

드라마 〈연애시대〉는 결혼한 호텔의 레스토랑에 앉아 스테이크를 썰고 있는 은호와 동진의 식사 장면으로 시작된다. 결혼기념일마다 '식사할인권'을 보내주는 호텔측의 과도한 친절 덕분에 이혼한 부부가 1년에 한 번 함께 식사를 하는 아이러니한 상황. 전남편과 전부인이 지극히 실용주의적인 입장을 견지하고 있다면, 10만 원이 넘는 샤토브리앙을 50퍼센트 할인된 가격으로 먹을 절호의 기회를 놓치지 않을 것이란 게 이 드라마의 선언이다. 〈연애시대〉의 부제가 '헤어지고 시작된 이상한 연애'라는 것을 감안하면 이 장면이 이해될 법도 하다.

동전의 양면 같은 이들 은호와 동진은 집 근처 술집이나 도넛 가게에서 종종 마주친다. 식성이나 취향이 비슷하니 동선이 자꾸 겹치는 셈. 나는 도넛을 먹고 있는 이들을 보면서 무라카미 하루키의 단편 〈도넛〉의 한 구절을 떠올렸다.

"현대사회에서 도넛이라는 것은 단순히 한가운데에 구멍이 뚫린 튀김 과자에 머물지 않고 '도넛적인' 모든 요소를 도입하

곧, 어른의 시간이 시작된다

여 링 모양에 집결한 하나의 구조로까지 그 존재성을 지양시키고 있는 게 아닐까."

이혼은 이들의 존재에 도넛의 구멍만한 결핍을 만들었고, 도넛 구멍처럼 생긴 공허함을 메울 길 없는 두 남녀는 마주앉아 달다 못해 혀가 녹을 것 같은 도넛이나 먹고 있는 것이다. 어쩌면 가운데가 뚫린 도넛이야말로 미혼자를 위한 것이 아니라 기혼자들을 위한 음식일지 모른다. 믿거나 말거나 도넛은 모양마저 결혼반지처럼 생기지 않았는가.

드라마 속 은호와 동진은 서로를 향해 뻥 뚫려버린 공허함에 재결합을 택한다. 같이 살지만 혼자일 수 있는 힘. 은호와 동진이 서로에 대해 다시 생각하고 재결합할 수 있었던 건, 어쩌면 이혼이라는 결락이 만든 그 거리감 때문은 아니었을까.

나는 언제나 사람 사이에는 아름다운 거리가 존재한다고 믿어왔다. 아이러니하게도 그때 만들어진 간격들은 서로의 표정과 얼굴을 조금 더 잘 보이게 한다. 누군가를 정말 사랑한다고 해서 그 사람과 코를 맞대고 부둥켜안고만 있다면, 사랑하는 그의 얼굴을 조금도 볼 수 없을지 모른다. 삶이 만만치 않은 건, 고독을 받아들이고 나서야 비로소 제대로 된 사랑을 시작할 수 있기 때문이 아닐까.

그러니 우리 너무 힘들어하진 말자

2011년 봄, 이사하던 날, 덩그러니 침대 하나만 들여놓은 작은 방에서 휴대폰 DMB로 오래된 드라마를 한 편 봤다. 주인이 없는지 옆방에선 개 짖는 소리가 왈왈왈 벽을 타고 울려왔다. 전파가 잘 잡히지 않아 휴대폰 안테나를 뽑아 이리저리 돌렸다. 새벽 1시 15분. 화면은 보이지 않고 간간히 소리만 들리는 드라마에서 마침내 익숙한 목소리를 들었다. 지금은 세상에 없는 그녀, 기억하기 힘들 만큼 많은 연예인이 스스로 목숨을 저버렸지만 그중에서도 나를 가장 슬프게 했던 배우, 최진실.

그날 새벽까지 나는 침대에 비스듬히 누워 드라마 〈그대 그리고 나〉 4회 연속방송을 시청했다. 화면에선 광고회사 사내 커

곧, 어른의 시간이 시작된다

플인 박상원, 최진실 부부와 고향 영덕에서 막 올라와 그들과 함께 새로운 서울살이를 시작한 박상원의 본 가족들, 서울 토박이인 최진실의 가족들이 등장했다.

〈그대 그리고 나〉를 처음 보았던 건 IMF 때였다. 사람들이 장롱 깊숙이 넣어둔 금을 내다 팔고, 길을 걷다 보면 '쫄딱 망했습니다! 눈물의 세일 90퍼센트!' '자장면 한 그릇 1,000원'이라고 써놓은 플래카드를 서울 곳곳에서 볼 수 있었다. 막 독립해 스튜디오를 차린 선배는 IMF의 직격탄을 맞아 스튜디오를 정리해야 했고, 대학을 졸업하고 사회에 나오려던 나는 취직이 막막해 백수로 지내던 시절이었다.

임상수 감독의 영화 〈처녀들의 저녁식사〉가 개봉하던 1998년, 지금은 없어진 잡지 〈인 서울 매거진〉의 '백수들의 저녁식사'란 서글픈 제목의 대담에 나는 '취업준비생 B'로 등장했었다. 만 원쯤인가를 내면 끝도 없이 스키다시가 나오는 압구정동의 '배터지는 집'이란 식당에서 레몬 소주를 마시며 나는 이런저런 말들을 쏟아냈다. 무슨 말을 했는지는 도무지 기억나지 않지만, 과연 내 직업이 언제까지 백수일지를 짐작하는 건 술기운에도 꽤 힘든 일이었다.

오랜 시간 야심차게 준비하던 무언가가 실패로 끝났을 때, 생각보다 많은 것들이 남는다. 가령 촬영 스튜디오 인테리어 때문에 들여놓았던 화분들, 촬영을 위한 가지각색의 배경지들, 파우더 룸에 걸었던 커다란 거울, 장식용 벽돌 같은 것들 말이다. 버리기에도, 그렇다고 팔기에도 애매한 그런 것들 중 하나를 내 방에 들여놓았었다. 이름이 기억나지 않는 선인장이었는데 방에 갖다놓은 지 얼마 되지 않아 죽었다. 누군가 물을 너무 자주 준 탓이라고 말해주었다. 죽어버렸는데 죽은 것처럼 보이지 않는 선인장을 얼마간 방 안에 놔뒀다. 쓰레기통에 죽은 선인장을 버리려다 가시에 손가락을 찔리던 날 보았던 드라마가 〈그대 그리고 나〉였다.

드라마의 배경인 영덕에 가보고 싶었다. 영덕 게를 사 먹을 돈이 있을 리 없었지만, 배 터지게 영덕 게도 먹고 싶었다. 돈이 없으면 배는 더 고프다는 걸 나 역시 모르지 않았다. 평생 거친 바다 냄새를 맡으며 선장으로 살아온 최불암이 서울로 올라와 죽은 생선들의 집합소인 노량진 수산시장 잡부로 일하던 모습도 눈에 밟혔다. 방구석에 처박혀 있던 초라한 내 모습이, 넓은 바다로 나아가지 못한 채 새벽 노량진 시장의 생선 좌판 사이를 빠르게 걷는 구부정한 늙은 사내의 모습 속에 자연스레 포개졌다.

뭘 해도 안 되고,

뭘 키워도 죽고,

뭘 말해도 얼빠진 소리처럼 들리던 때.

인생이 긴 동굴처럼 보이던 때. 과연 출구가 있긴 한 걸까 심각한 얼굴로 의심하던 그날의 오후.

훗날, 내가 영덕의 '선장집'에 간 건 그래서였다. 그곳은 식당 간판도 일하는 사람도 따로 없는 그냥 가정집이었다. 말이 좋아 선장집이지 그 이름도 사람들이 그냥 갖다붙인 것이었다. 방에 들어가면 손님이 알아서 상을 펴고, 알아서 자리에 앉는 곳. 구비된 메뉴판도 없는 그곳에서 주인은 그날 배에서 잡아 온 게를 쪘다. 살아 있는 게의 배에 뜨거운 물을 부어 기절시키고, 내장이 흘러내리지 않게 차곡차곡 쌓아 찜통에 찌고, 커다란 스테인리스 쟁반에 담아 오면 각자 알아서 긴 꼬챙이와 가위를 집어 들고 요령껏 게살을 파먹는 것이다.

어떤 사연인지 손가락 하나가 뭉툭하게 잘려 나간 주인이 게를 담아 오면 선장집 너머 보이는 바다 냄새가 방 안까지 스며들 것 같았다. 낙서가 적힌 지저분한 벽 위의 좁고 높은 창 너머로, 바다가 액자처럼 걸려 있었다. 젊은 사람이라곤 눈을 씻고 찾아봐도 볼 수가 없고, 걸어 다니는 길목마다 허리가 잔뜩 굽은 노인들이 바다를 배경으로 천천히 걷고 있는 곳. 횟집들이 늘어선 활기차고 화려한 강구항과 달리 그곳은 항구에서 30분쯤 떨어져 훨씬 더 쓸쓸한 모습을 하고 있었다.

영덕 게 하나 먹자고 나는 왜 이렇게 오랜 시간을 달려 쓸쓸한 어촌 마을까지 내려왔을까. 내 마음속의 영덕은 부산이나 강릉과도 달랐고, 그래서 애잔했다. 만약 그런 것이 가능하다면, 가능할 수만 있다면 나는 이미 죽은 최진실에게 알뜰히 영덕 게의 살을 발라주며 소주 한잔을 기울이고 싶었다.

소주란 그런 게 아닌가. 어느 날은 맹물 같고, 어느 날은 눈물

같은 것. 어떤 날은 '살아가는' 게 아니라, 그저 '버텨야' 하는 순간도 있는 거라고. 구부러진 건 구부러진 대로, 뜯겨 나간 건 뜯겨 나간 대로, 구멍이 뚫린 건 그저 뚫려 있는 채로 그렇게 말이다. 그러니 우리 너무 힘들어하진 말자고, 그러자고, 모질게 자기 목숨 끊는 짓은 다신 하지 말자고, 그렇게 살아내자고.

너무 잘살았던 서울 여자와 너무 못살았던 시골 남자의 결혼 생활이 순탄할 리 없다. 하지만 친정과 시댁의 갈등, 가족 사이의 반목을 주인공 수경과 동규는 사랑으로 해결하며 드라마는 해피엔딩으로 끝난다. 실제 이 드라마가 끝난 뒤 대한민국은 기적처럼 IMF를 단기간에 극복하고 다시 도약하는 계기를 마련했다. 그렇게 나의 백수 시절도 끝났다.

세상의 모든 일이 결국 해피엔딩으로 끝난다면 얼마나 좋을까. 십수 년이 지나 이토록 밝고 긍정적인 드라마를 보면서 지금은 없는 한 여배우의 죽음과 손가락 하나가 잘린 선장 출신 횟집 주인의 얼굴을 떠올리는 게 견딜 수 없이 쓸쓸해졌다.

'남자는 여자 하기 나름!'이라는 기념비적인 카피와, 아무것도 없는 텅 빈 방, 벽을 타고 들려오는 주인 없이 우는 개의 울음소리 역시도.

곧, 어른의 시간이 시작된다

고속터미널의 한 극장에서
엄마와 영화를 봤다

엄마에겐 아주 오래된 디올 선글라스가 있다. 이모가 첫 월급으로 큰맘 먹고 산 재클린 스타일의 선글라스라던데 엄마는 병원에서 날 낳고 그걸 처음 썼다고 했다. 분만 예정일보다 두 달이나 먼저 태어난 조산아. 팔삭둥이 첫딸을 낳고 마음고생이 심했던 엄마는 그 선글라스를 쓰고 한 손엔 두툼한 천 기저귀 가방을 든 채 병원문 밖을 천천히 걸어 나왔다. 그때 올려다본 하늘 색깔이 얼마나 환상적이던지 아직도 그 위에 떠 있던 토끼 모양의 구름까지 기억난다고 엄마는 종종 말했다. 카페인이 아기한테 안 좋다고 해서 1년 동안 꾹꾹 참았던 커피가 어찌나 마시고 싶었던지, 하늘도 딱 다방 커피 색깔처럼 보였다고

곧, 어른의 시간이 시작된다

말이다.

"하늘이 어떻게 커피색이야? 선글라스 렌즈 색깔 때문에 그렇게 보인 거지!"

내가 아무리 시큰둥해도 엄마는 그날, 딱 밀크커피 색깔을 한 환상적인 하늘을 봤노라고 수십 년째 우긴다. 가슴에 젖이 차오르면 돌덩이처럼 아프게 단단해지던 수유기를 끝내고, 처음 커피를 마시면서도 그때 아기를 낳고 처음 올려다본 하늘이 떠올라 가슴에서 흰 구름 같은 행복감이 차올랐다고 했다.

어렸을 적엔 왜 엄마의 모든 것이 신기하고 좋아만 보였던 것일까. 엄마 목덜미에서만 나던 살 냄새, 꾹꾹 눌러 발라 뭉툭해진 립스틱, 지금 보면 촌스러운 하이힐에 땡땡이 무늬가 박혀 있는 스카프까지. 메리 포핀스의 커다란 가방처럼 신기한 엄마의 옷장 안에는 내겐 보물 같은 물건이 가득 차 있었다.

뾰족 구두를 신고 계단에서 춤을 추다가 넘어지기도 했고, 손톱에 바르는 매니큐어를 무턱대고 뺨과 입술에 발랐다가 지우지 못해 엉덩이를 얻어맞았던 기억도 있다. 자개 보석함에 있던 엄마의 반지를 손가락에 끼고, 목걸이에 팔찌를 주렁주렁 매달고 거울을 보면, 나는 절로 웃음이 나서 깔깔댔다.

가끔 엄마의 옷장에서 선글라스를 꺼내어 본다. 40년이 지났건만 청주 이모가 사줬다는 그 선글라스는 요즘의 유행에도 뒤지지 않는다. 엄마의 선글라스를 쓰고 있으면 1970년 초, 상경한 시골 아가씨의 화창한 봄날로 돌아가는 듯하다. 스물두 살의 순하고 어린 엄마의 젊음이 떠오른다. 첫딸을 낳고, 둘째 딸을 낳고, 막내아들을 낳는 동안 쪼글쪼글해진 그녀의 자궁이, 아기집이 생각난다. 지금은 자잘하게 주름살이 내려앉았지만 언젠가 엄마 얼굴도 기미 하나 없이 뽀얗던 시절이 있었겠지, 라고 생각한다. 그럴 땐 마음이 쉰 팥죽 같아진다. 그 낡은 선글라스를 보고 있으면 추억과 후회가 동시에 밀려온다.

그러다가 처음 소설로 신인문학상을 받았을 때, 엄마와의 통화가 기억나 웃게 된다. 처음 듣는 출판사의 '신인문학상'을 받고 등단한 딸이 쓴 소설을 읽고 싶어 안달이 났던 엄마는 내게 몇 번이고 소설 제목을 물었다. 〈고양이 샨티〉라는 발음하기 애매한 소설 제목 때문에 모녀의 통화는 한동안 답보 상태였다. 고양이까진 전달했는데, 도대체 '샨티'(산스크리트어로 '평화'라는 의미를 가지고 있다)란 말을 전달할 방법이 없었다.

"고양이 산이 어찌구?"

"아니, 산이 아니라. 샨. 산이라고! 샨티!"

"쌘티? 쌘티 난다 할 때 그거?"

"엄마! 그게 아니고…… 샨티야. 샨. 티. 샤아안~ 티이."

"아…… 그래."

"알아들었어?"

"그렇지. 그렇게 말했어야지."

"정말 알아들은 거지?"

"응."

"진짜로?"

"넌 날 뭘로 보고! 고양이가 삼치를 좋아하긴 하잖아. 하긴 참치보단 삼치가 더 맛있지."

엄마는 내 소설 제목을 〈고양이 삼치〉라고 생각한 것이다. 아마도 삼치를 좋아하는 고양이가 등장하는 고양이 모험 소설이라고 생각했을지도 모르겠다. 생각해보면 첫 소설과 얽힌 황당한 에피소드가 하나 더 있다. 모 일간지에서 내 소설 제목을 소개한 기사를 읽다가 나는 문제의 이 제목을 발견했다.

〈고양시 샨티〉

'고양이'가 졸지에 '고양시'가 된 것을 보고 기겁했었다. 고양시에 사는 고양이라는 의미인가. 사는 동안 고양시와 나는 아무런 관계도 없을 줄 알았다. 그런데 그로부터 5년 후, 나는 고양시 일산에 작업실을 얻었다. 과연 예언적인 오타였다고 할까. 하긴, 〈고양이 삼치〉와 〈고양시 샨티〉 사이의 내 이름이 '백명옥'이나 '백영욱' 같은 오타 없이 '백영옥'인 것만 해도 얼마나 다행스런 일인가.

엄마는 지금도 내 첫 단편소설을 〈고양이 삼치〉라고 잘못 말하곤 한다.

그리고 나는 굳이 제목을 고쳐 말하지 않는다.

세상에 존재하는 수많은 엄마에 대한 이야기들은 내가 알고 있던 엄마와 내가 알지 못했던 엄마 사이의 간극을 말하려는 건 아닐까. 그 진동이 크면 클수록 이야기는 수많은 갈래로 나뉘며 사람들의 마음을 헤집는다. 첫사랑이 내게 무조건 '쌍놈!'이 될 수밖에 없다면, 엄마에게 나는 절대적인 '쌍년!'이 될 수밖에 없는 무조건적이며 절대적인 세계.

엄마와 함께 고속터미널 근처 극장에서 〈인어공주〉를 봤다. 엄마가 영화를 보고 싶다고 전화했을 때 나는 분명 야근 핑계를 댔던 것 같지만, 그래도 오랜만에 모녀는 극장 주변의 카페에서 커피를 한 잔씩 마셨다. 시럽과 우유를 잔뜩 넣은 카페모카, 샷 하나를 추가한 아이스 아메리카노. 취향이 극명히 다른 모녀는 서로의 커피를 나눠 마시지 않았다.

극장표를 끊어 극장에 들어갔다. 엄마는 영화에 나오는 바다가 어디냐고 내게 물었다. 나는 제주도에 있는 '우도'라고 귓가에 대고 대답했다. 엄마는 내게 우도 바다가 참 예쁘다고 말했다.

"너랑 우도 같이 가면 참 좋겠다!"

엄마의 목소리가 너무 커서 옆에 앉아 있는 사람에게 들릴까 봐 걱정이 됐다.

500명쯤의 교인이 모인 일요예배에서 모두 함께 찬송가를 부르기 시작하면, 나는 그중에 엄마의 목소리를 단박에 찾아낼 수 있었다. 내 귀가 예민해서가 아니라, 보통의 여자들보다 적어도 두 옥타브 이상 높은 엄마의 독특한 음정 때문이다. 엄마는 노래방과 탬버린을 싫어하고, 외워서 두 소절 이상 부를 수 있는 노래는 일평생 단 한 곡도 없다. 하지만 주님을 찬양하기 위한 노래만큼은 열렬하다. 그러니 내 목소리가 보통의 남자들보다도 낮은 건 태생의 신비라 불릴 정도다. 엄마의 높은음자리 유전자는 모조리 내 과녁을 빗겨나갔으니까 말이다.

영화 〈인어공주〉에 등장하는 엄마는 어디서나 퉤퉤 침을 뱉고, 누구보다 크게 소릴 질러대고, 남편 알기를 찢어진 고무신 짝 보듯 하는 엄마다. 나영은 목욕관리사로 일하며 매사 억척스런 엄마와 툭하면 남들 대출에 빚보증을 서주는 무능한 아빠를 보며 힘겨워한다. 회사에서 보내주는 뉴질랜드 연수만 손꼽아 기다리던 어느 날, 삼촌에게서 듣게 된 아빠의 실종. 나영이 연수를 포기한 채 아빠를 찾기 위해 엄마와 아빠의 고향 섬마을을 찾아가는 것으로 이 길고 아득한 이야기는 시작된다.

현재에서 과거로, 과거에서 다시 현재로 돌아오는 영화는 엄마가 엄마이기 이전, 아빠가 아빠이기 이전, 이들의 서정 시대를 보여준다. 그것은 "엄마처럼 안 살 거야!"라는 수많은 딸들의 외침을 뒤로한 채, 엄마에게서 엄마 아닌 여자의 모습을 보던 순간의 통찰을 던진다. 그러므로 해녀였던 스무 살의 연순이 육십 넘은 때밀이 아줌마가 되어 목욕탕 욕조에 몸을 담근 채 숨을 참을 때, 목욕탕 욕조가 거대한 바다가 되고, 수많은 해녀들의 다리가 인어의 지느러미처럼 그 위를 유영할 때, 나는 잃어버린 그들의 서정 시대가 떠올라 뭉클해졌다. 아마도 그때 엄마와 함께 이 영화를 보았기 때문인지도 모른다.

나는 한 번이라도 엄마에게 꿈을 물어본 적이 있었을까. 많은 사람들에게 꿈을 꾸라고 말했으면서도 정작 엄마의 잃어버린 꿈이 무엇이었는지 관심을 가진 적이 있었나. 엄마의 꿈은 엄마였을 거라는 어린 조카의 대답을 듣다가, 나는 엄마에 대한 무심과 내 무지가 뼈아팠다.

돌이켜보면 나는 오래전부터 나이 많은 여자들의 선의에 의지해 살아왔던 게 분명하다. 그들은 지갑을 가져오지 않아 곤란해하던 내게 정류장 어딘가에서 돈을 내어주었고, 저혈압 때문에 지하철에서 비틀거리던 내 손을 제일 먼저 잡아주었다. 버스 안에서 술 취한 아저씨가 어린 여자에게 욕을 해대며 윽박지를 때, 가장 크게 항의하고 여자를 보호하기 위해 몸을 움직였던 것도 우리가 '엄마'라 부르는 그녀들이었다.

뭔가 억울하고 힘든 일이 있을 때, 세상에 그런 존재가 있다는 생각만으로 위로받던 때가 있었다. 이럴 땐 '신이 모든 사람을 보살필 수 없어 보낸 사람이 엄마다'라는 말을 믿고 싶어진다. 〈인어공주〉를 보고 나온 날, 늦은 점심을 함께 먹던 엄마가 내게 말했다.

"좀 팍팍 먹어. 그래야 살도 찌고 건강해지지!"

이젠 가락까지 붙은 이 지겨운 잔소리가 문득 사랑이란 걸 알고 사무칠 즈음, 엄마가 너무 늙어버렸을까 봐 겁이 났다. 나는 엄마를 빤히 쳐다보다가, 숟가락 가득 밥을 떠 꼭꼭 씹어 먹었다. 엄마가 나를 보며 웃고 있었다. 씹을수록 밥알에서 순한

살아가는 거야, 서로 사랑하는 우리
상처에서 짓이겨진 박하 향기가 날 때까지

박하 향기가 네 상처와 슬픔을 지그시 누르고
너의 가슴에 스칠 때
얼마나 환하겠어, 우리의 아침은

어디에신가 박하 향기가 나면
내가 다녀갔거니 해줘

허수경, 《박하》, 문학동네, 2011

단내가 났다. 어린 시절 엄마의 목덜미에서 나던 바로 그 냄새
였다.

가장 사랑했던 것들이 가장 먼저 배반한다

'쓸쓸하다'라는 동사를 떠올릴 때, 자연스레 떠오르는 풍경들이 있다.

그중 한 가지가 이미 고장 나 움직이지 않는 회전목마가 서 있는 지방 소도시 놀이동산과 빛 바랜 플라스틱 야자수가 군데군데 서 있는 '꿈과 낭만의 섬'이란 문구다. 영화 〈와이키키 브라더스〉에서 한때 7인조 밴드의 보컬이었던 성우가 술에 취한 룸살롱 손님들의 강요로 나체인 채 기타를 치는 모습도 그중 한 가지인데, 나는 그때 성우의 그 무표정한 얼굴을, '어쩔 수 없다'는 문장이 가라앉은 듯 깊게 팬 그의 쇄골을 잊을 수가 없다. 한때 온천호텔로 북적이던 수안보가 〈와이키키 브라더스〉의 배경이 된 것도 이런 쇠락하고 쓸쓸한 느낌 때문이었을 것이다.

영화는 밴드 '와이키키 브라더스' 팀의 리더인 성우가 고향인 수안보로 귀향하면서 시작된다. 고향에 도착한 성우는 수안보 호텔의 한 나이트클럽에서 활동하다가, 고등학교 때 밴드로 활동했던 친구들을 만난다. 세월이 지나 만난 친구들은 생활에 찌든 소시민으로 살아가고, 한때 사랑의 열병을 앓게 했던 이웃 여고 밴드의 보컬이었던 소녀 인희는 남편과 사별한 후 트럭 행상을 하며 살고 있다.

1980년대 해외여행이 자유롭지 못하던 시절, 부곡하와이와 수안보 와이키키는 꿈과 낭만의 환상을 심어주는 가족 여행지였다. 하지만 이제 수안보는 적막한 느낌마저 준다. 하와이의 눈부신 '야자수'가 '플라스틱 가짜 야자수'로 대체되고, '이영자' 대신 '이영자'가, '나훈아' 대신 '너훈아'가 등장하는 세계에선 관절염 환자들의 천국이었던 수안보의 물이 여전히 좋다 해도, 예정된 쓸쓸함을 동반하기 때문이다.

그러나 어쩐지 수안보에 가보고 싶었다. 이 쓸쓸함의 정체가 이 도시와 어떤 연관을 맺고 있는지 무작정 알아보고 싶은 마음이 먼저였다. 버스에서 내려 도시를 걷는 순간 마주치는 모든 것들, 이곳이 관광도시임을 알리는 플래카드와 색색깔의 전등들, 그리고 '호텔'이라 명명된 수많은 여관 건물들……. 한때 찬란했던 것이 무너져 내려가며 발산하는 빛은 어째서 무겁고 퇴락한 느낌을 주는 것일까. 허물어지고 있는 이 소도시가 말하고 있는 것들, 그러니까 한때 나도 잘나갔고 꿈도 있었다, 라는 식의 결말은 안쓰러움을 동반한 통증을 유발하고 있었다.

고교생 밴드로 활동하다가 각자 현실에 적응해 약사가 되고 공무원이 된 친구와 다르게 끝까지 음악을 하던 성우에게 친구들이 던지는 질문은 어쩌면 우리 가슴속에 남아 있는 본질적인 질문일 수도 있다. 꿈꿔왔던 걸 하게 되면 과연 행복하냐고 말이다.

소설가 정한아는 《달의 바다》에서 이루고 싶었던 우주비행사의 꿈을 이룬 고모의 편지를 통해 말했다.

꿈꿔왔던 것에 가까이 가본 적 있어요? 그건 사실 끔찍하리만치 실망스러운 일이에요. 희미하게 반짝거렸던 것들이 주름과 악취로 번들거리면서 또렷하게 다가온다면 누군들 절망하지 않겠어요. 세상은 언제나 내가 그린 그림보다 멋이 떨어지죠. 현실이 기대하는 것과 다르다는 것을 일찍 인정하지 않으면 사는 것은 상처의 연속일 거예요. 나중에 꿈꿨던 일조차 머쓱해지고 말걸요.

정한아, 《달의 바다》, 문학동네, 2007

2002년 6월 월드컵을 뜨겁게 한 표어는 '꿈은 이루어진다'였다. 하지만 꿈은 꼭 이루어지는 것도 아니며 그것이 이루어졌다고 반드시 행복해지는 것도 아니다. 현실적으로 꿈은 단지 꿈으로 끝나는 경우도 많다.

사람을 가장 힘들게 하는 건 한때 눈부시게 빛나던 재능이다. 가장 잘하고, 제일 익숙하고, 정말 열심히 했던 것들이 결국 족쇄가 된다. 가장 가까이 있던 것들이 가장 멀리 달아나고, 가장 사랑했던 것들이 가장 먼저 배반한다.

세상의 모든 반짝이는 것들은 가장 깊은 어둠을 품고 있다. 성우와 친구들은 비틀스나 롤링 스톤스를 꿈꾸었지만 결국 꿈을 이루지 못한 채 지방 소도시 나이트클럽에서 일하는 와이키키 브라더스가 되었다. 그마저 4인조에서 3인조로 2인조로, 결국 홀로 남아 룸살롱의 원 맨 밴드로 추락하고 만다.

시인 유하는 〈세상의 모든 저녁〉에서 "헤비메탈을 부르다 뽕짝으로 창법 바꿔 부르는 그런 삶은 살지 않으리라"고 했지만 영화의 마지막을 채우는 음악은 결국 뽕짝이다. 고등학교 밴드 시절 〈아이러브 록앤롤〉을 부르던 로커 인희는 성우의 트로트 반주에 맞추어 심수봉의 〈사랑밖엔 난 몰라〉를 부른다. 이 노래의 가사처럼 "서러운 세월만큼 안아주세요. 그리운 바람처럼 사라질까 봐" 그렇게 서로를 끌어안고, 그렇게 삶은 지속된다.

〈와이키키 브라더스〉는 결국 아무것도 이루지 못한 삶에 대한 위로다. 당신이 어느 날 도착한 늙고 쇠락한 수안보에서 뜨거운 위로를 느낀다면, 그건 그런 돌연한 깨달음 때문이리라.

기적처럼 헤어진 옛 연인의
그림자를 만날 수 있을지 모르므로

재주소년의 〈명륜동〉을 듣다가 몇 년 전, 불현듯 그들을
만나 던졌던 질문 하나가 떠올랐다. 당신들이 서른 살이 되었을
때, 더 이상 소년이지 않을 어느 마흔에도 여전히 '소년'이라 불
린다면 좀 쑥스럽지 않을까, 란 질문.

그때 제주에서 온 이 상냥한 소년들은 내게 말했었다. "비치
보이스가 어느 날 비치엉클스가 된다면 이상하지 않을까요? 비
치보이스는 그냥 영원한 비치보이스. 한번 재주소년은 영원한
재주소년!" 그 얘길 할 때 나는 문득 그들의 잔잔한 손가락 마디
를 보았는데, 순간 누구보다 간절히 이 소년들에게 기타를 배우
고 싶었다.

오래된 파일을 뒤져 내가 예전에 썼던 재주소년의 인터뷰 기사를 찾았다. 〈제주에 가면 여자도 많고, 돌도 많고, 바람도 많지만, 재주소년도 있다〉라는 아주 긴 제목의 인터뷰였다.

재주소년에게 음악은?
바둑. 머릿속은 전쟁터인데 돌 한 개 손에 쥐고 짐짓 평화로운 포커페이스처럼 앉아 있어야 하는 역설과 닮아서.

당신의 손가락처럼 당신 옆에 딱 달라붙어 있는 저 기타는?
링롱이(유상봉의 기타). 링롱링롱 소리가 나서 링롱이다. 여성스럽고 쑥스럼을 많이 타는 캐릭터. 저 아이(박경환의 기타)는 마틴. 한동안 헤어졌다가 만나서 오래오래 사귀고 있다.

어떤 날의 스산함, 시인과 촌장의 서정, 루시드 폴의 잔잔함, 산울림의 따스함을 가지고 있다는 평가에 대해?
와, 전부 우리가 좋아하는 뮤지션들이다! 노메이크업 아티스트, 만세!

음악이 다른 예술에 비해 우월하다면?
책은 읽고 분석해야 하지만 음악은 젖어드는 것. 샤워기 앞에 꼼짝없이 서 있는 것처럼.

오래된 이 기사를 읽자, 이들이 해체했다는 게 많이 아쉬워졌다. 그날, 나는 재주소년의 노래를 들으며 하루 종일 걸었다. 이름 모를 동네에서 호떡을 사 먹고 벤치에 앉아 사람들을 구경하다가, 내가 알고 있는 길에 대한 얘기들을 쓰고 싶어져 아무 카페에나 들어갔다. 그리고 다음 날부터, 가장 친근한 동네 노래부터 찾아 듣기 시작했다.

지명이 담긴 노래를 들으며 버스를 타고 동네 여행을 하겠단 생각을 한 건 그때였다. 나는 스마트폰에 나만의 동네앨범 리스트를 만들었다. 첫 번째 트랙은 루시드 폴의 〈삼청동〉이었다. 누군가에게 가을은 독서의 계절일 수도, 외로움의 계절일 수도 있겠지만 어느 시절, 내게 가을은 루시드 폴의 음악을 듣는 계절이었다.

이 계절은 작정하고 붙잡지 않으면 그저 어디론가 사라지는 바람이 되기 십상이므로 가을의 행간을 엿보거나, 그사이에 찍힌 쉼표와 우연히 마주치기라도 하려면 그의 노래를 끌어안듯 들어야 했기 때문이다. 자신의 이름 끝에 '가을'을 써붙인 루시드 폴의 2집 〈오, 사랑.〉

난 낯설은 의자에 앉아서
난 낯설은 거리를 보면서
난 낯설은 소식을 듣고서
난 낯설은 생각을 하면서
난 낯설은
바람이 지나가버린 곳에 살아

조금도 변하지는 않았어
아직도 난
그대가 보내준 마음, 소식 듣고 싶어
이런 내 맘 아는지

때론 쉴 곳을 잃어가도
넘어질 듯이 지쳐가도
아무 말 없이 걸어가리
그대 있는 곳으로
내가 있던 곳으로

난 낯설은
바람이 지나가버린 곳에 살아
조금도 변하지는 않았어
아직도 난
그대가 보내준 마음, 소식 듣고 싶어
이런 내 맘 아는지

그 옛날 삼청동은 '서울에서 (첫째가 아니라!) 둘째로 잘하는 집'의 간판처럼 동네에 있는 친구 같았다. 내게 삼청동은 감자를 넉넉히 넣어 끓인 수제비나 홍합밥, 이북식 김치말이 국수 같은 시골음식을 먹을 수 있는 곳으로 무작정 걷고 싶을 때 언제라도 빈 골목을 내어주는 동네였다.

곧, 어른의 시간이 시작된다

청바지를 입고 통기타를 치는 남자에 대한 로망과 프랑스를 불란서라고 말하던 시절에 진한 향수를 가지고 있는 나 같은 사람은 시골 점방 같은 작은 가게들과 정육점, 세탁소가 어느새 사라지고 부산해진 삼청동 길에서 자주 과거의 시간들을 들추어냈다. 나는 조금씩 변하는 동네의 지형도를 가늠하며 계속해서 걸었다. 그리고 사라진 왕조의 오래된 궁궐을 지나 화석 같은 벽돌들을 오른쪽 손가락으로 훑었다. 내 스마트폰에는 토이의 〈세검정〉과 에피톤 프로젝트의 〈이화동〉이 담겨 있었다. 그저 동네 이름이 명기된 노래를 찾아 듣겠다는 생각이 버스를 타고 내려 골목의 이곳저곳을 걷는 산책으로 이어진 데는 노래 속의 모든 골목들이 실은 종로구에 위치한다는 사실 때문이었다. 사소한 우연이었지만 내겐 발견이었다.

루시드 폴의 노래를 듣다가 그와 나누던 이야기가 떠올랐다.

당신을 황신혜 밴드의 조윤석(루시드 폴의 본명)과 헷갈리는 사람도 있던데? 당신이 마포구 선거에 나가 떨어졌다는 얘기가 네이버 지식인에 떠도는 걸 아나?
그런가? 하하.

당신은 가사를 먼저 쓰고 곡을 쓰나, 곡을 만들고 가사를 얹히나?
동시에! 도자기를 빚듯. 기본적인 코드, 편곡, 가사가 한꺼번에 몰려온다.

나는 전자와 후자의 차이가 음악에 어떤 변화를 일으키는지 늘 궁금했었다.

결론적으로 말하면 나는 곡에 가사 붙이기가 훨씬 더 어려운 쪽 같다.

당신이 써놓은 곡들을 모아 듣지 않고 읽으면, 착한 시를 쓰는 사람의 시집 같다. 시를 읽나?

마종기와 백석의 시. 책이 너덜해질 때까지 읽고, 또 읽었다.

당신의 노래는 어떤 면에선 귀로 투입되는 서정적인 신경안정제 같다. 짧고 명료하지만 은유적이다.

그건 역설적으로 내 내부가 그만큼 시끄럽기 때문에 생기는 조용한 파장일 거다.

당신은 공학박사다.

정확히 말해 재생의학이다.

음악과 공학의 상관관계는?

없다. 억지로 끼워 맞추는 걸 싫어하고, 그리고 싶지 않다.

이틀 후면 다시 스위스 로잔의 연구실로 돌아간다.

정글로 들어가는 기분이다. 늘 그랬다. 아마 앞으로도 그럴 거다. 근데 기대된다.

곧, 어른의 시간이 시작된다

몇 년 후 루시드 폴은 스위스에서 하던 공학 공부를 접고, 한국으로 돌아와 가수의 길만을 걷겠다고 선언했다. 통영으로 내려가는 버스 안에서 나는 그가 열애 중이라는 스포츠 신문의 기사를 읽었다. 몇 년 후에는 아내와 함께 제주도에서 감귤을 키우는 루시드 폴의 사진을 보았다.

　　사랑스럽기만 했던 밴드의 해체와 명민한 천재로 보이던 어느 공학도 가수의 전업. 몇 년의 세월을 두고 내가 인터뷰했던 두 명의 가수들은 이렇게 변했고, 변해갔다. 나 역시 우왕좌왕하다가 갈팡질팡 인터뷰 기사 제목만 길게 쓰는 기자가 아닌 소설가가 되었으니 변했다면 변한 셈이다.

　　어쨌든 우리 모두는 다른 삶을 선택했다. 선택하지 않은 삶을 온전히 책임지는 어른으로 살기 위해 아등바등하면서 말이다. 분명 잃은 것이 있고 얻은 것이 있을 것이다. 만약 기회가 된다면 그들에게 과거가 아닌 지금의 나를 더 좋아하게 됐는지 묻고 싶다. 그땐 인터뷰 제목도 짧고 담백하게 쓰고 싶다.

　　다시 루시드 폴의 〈삼청동〉을 들었다.

　　가을은 노래를 듣고 있어도 그 노래가 눈에 보이는 이상한 계절이라 생각하면서.

　　'때론 쉴 곳을 잃어가도, 넘어질 듯이 지쳐가도, 아무 말 없이 걸어가리, 그대 있는 곳으로, 내가 있던 곳으로.'

　　종로의 골목을 얘기하는 노래치고 사랑 노래 아닌 게 없다.

그게 흐뭇해져 자꾸 〈명륜동〉과 〈삼청동〉을 반복해 듣는다. 인구 천만의 이 도시에서 기적처럼 그 옛날 헤어진 연인의 그림자를 만날 수 있을지 모를 일이므로. 나는 자꾸 이 골목길을 걷고 또 걷는다.

곧, 어른의 시간이 시작된다

오래된 영화를 꺼내 보는 건 지름길이 아니라 빙빙 돌아가고 싶은
어느 날, 문득 자신에게 주는 선물 같은 게 아닐까. 그 속에서
내 나이 또래 배우의 젊은 얼굴을 마주보는 것도. 하늘에
구름이 떠 있는 건, 새가 심심하지 않기 위해서라고
쓴 옛날 일기장을 보는 것과 마찬가지로.

기억의 습작。

이제는
좀처럼 볼 수 없는 것들

밀양이 영화 〈밀양〉으로 유명한 전도연의 도시이거나, 부산이 부산 국제영화제의 도시이거나, 경주가 수학여행의 도시일 필요는 없다. 그곳이 어디든 자신만의 추억과 이미지가 새겨지게 마련이니까. 하지만 춘천은 어린 시절부터 내게 오리 보트가 둥둥 떠 있는 '호반'의 도시이거나, '닭갈비'의 도시였다. 그러다가 친구가 춘천에 있는 대학을 가면서부터 그곳은 내게 대학의 도시가 되었다.

이전에는 잘 몰랐는데 호수를 끼고 있는 아름다운 국립대를 비롯해 꽤 많은 대학들이 춘천에 있었다. 아직 춘천고속도로가 뚫리기 이전이었으므로 새벽 기차를 타고 서울에서 춘천까지 통학하는 학생들보다는 근처에서 자취를 하거나 기숙사에서 생활하는 친구들이 많았다. 청춘은 뜨겁게 타오르고 사랑 또한 그렇다. 그렇게 사랑하는 사람의 집에 드나들다, 내 칫솔이 그 사람의 칫솔과 섞이고, 내 신발이 그의 신발장 속에, 내 옷이 그 사람의 옷장 속에 숨어 살기 시작하면 내 방의 한쪽이 어느새 기울어 그 사람의 방으로 스며든다. 한때 어른들은 청춘의 동거에서 문란함을 보기도 했지만, 그들에게 그것은 사랑의 현실이다. 이제 동거가 주는 음험한 이미지도 많이 소멸되었다.

내게 춘천이 대학 도시가 된 건 그곳에서 본 활기찬 젊음 때문이었다. 이 아름다운 도시에서 내가 좋아하는 영화 〈와니와 준하〉 커플이 산다. 스물여섯 와니는 동화부 애니메이터이고, 스물일곱 준하는 막 데뷔를 앞둔 시나리오 작가 지망생이다.

햇빛 속에서 물만 먹고 자란 식물처럼 말 없고 조용한 와니와 속 깊고 다정한 준하. 그들은 와니의 춘천 집에서 함께 장 보고, 밥 먹고, 일하며 살아간다. 하지만 와니의 마음속엔 잊지 못하는 첫사랑이 있다. 이복동생 영민을 사랑했던 그녀는 유럽으로 유학을 떠난 영민이 머물던 그의 방을 닫아놓은 채, 자신의 마음 한쪽 역시 걸어 잠그고 있다. 3년 만에 영민이 서울에 돌아온다는 전화를 받고 와니의 마음은 흔들린다. 그녀를 향해 늘 마음이 기울어져 있는 준하는 과거 때문에 힘들어하는 그녀의 마음을 알게 된다. 행복하게만 느껴졌던 자신의 동거 속에 늘 한 명의 남자가 더 존재했다는 사실을 말이다.

웃지 않는 김희선의 얼굴이 그처럼 창백하고 우울하다는 걸이 영화를 통해 처음 알았다. 야근이 지속되던 어느 날, 텔레비전 앞에서 꾸벅꾸벅 졸고 있는 김희선의 얼굴에 피곤이 모래톱처럼 쌓이고 쌓여 흘러내려와 있는 걸 보았다. 자신 때문에 사랑하는 아빠를 잃었던 상처가 있는 와니에겐 어쩔 수 없이 깊은 그림자가 드리워져 있다.

늘 헐렁한 티셔츠에 펄렁이는 바지를 입는 와니의 몸에는 바람이 잔뜩 들어와 있고, 우산을 자주 잃어버리는 그녀의 머리 위엔 유독 자주 비가 내린다. 젖은 옷과 머리를 말려줄 누군가가 있다면, 그건 그녀의 마음속에 살고 있는 영민이 아니라 옆에서 그녀를 향해 웃고 있는 준하다. 그걸 깨닫게 되기까지의 잔잔한 과정이 이 영화의 호흡법이다. 그리고 나는 이 호흡이 바람처럼 편안했다.

20원을 넣으면 전화를 걸 수 있었던 주황색 공중전화 박스. 퇴근길 지하철역 트럭에서 팔던 천 원짜리 장미와 안개꽃 한 다발. 집으로 돌아가는 길, 깜박이는 가로등 하나를 지나칠 때마다 동네 피아노 학원에서 들려오던 〈엘리제를 위하여〉. 틀린 문제를 지우느라 책상 위에 가득 쌓여 있던 지우개 똥, 깎다 보면 어김없이 연필심이 부러지던 오래된 자동 연필깎이, 우산을 가지고 오지 않은 날 할 수 없이 샀던 파란색 나무 비닐우산, 코닥 필름을 넣어 사진을 찍던 검정색 라이카 카메라, 준하가 부엌 찬장 위에 붙여둔 레시피 종이들……

〈와니와 준하〉를 보는 동안, EBS에서 방송하던 오래된 한국

아기가 꽃밭에서 넘어졌습니다
　정강이에 정강이에
새빨간 피
아기는 으아 울었습니다
　한참 울다 자세히 보니
그건 그건 피가 아니고
　새빨간 새빨간 꽃잎이었습니다

윤석중, 〈꽃밭〉

영화를 보는 것처럼 이제는 좀처럼 볼 수 없는 것들에 대해 추억했다. 집 앞 공중전화는 스마트폰으로, 트럭에서 파는 꽃들은 인터넷 꽃집으로, 현상소에 가야만 사진을 확인할 수 있었던 필름 카메라는 디지털 카메라로, 연필은 샤프로, 열 시면 문을 닫던 동네 슈퍼는 24시간 편의점으로 바뀐 지금, 사라진 직업과 그곳에서 일하던 사람들은 다 어디로 간 걸까. 많은 것들이 바뀌었다. 유튜브, 어플리케이션 하나면 요리책이 필요하지 않은 세상에선 어쩐지 새로 생긴 직업보다 사라진 직업이 더 많을 것 같았다.

나는 더 이상 청량리역에서 기차 시간을 기다렸다가 경춘 국도를 달리며 춘천에 가지 않는다. 몇 개의 터널과 톨게이트를 지나면 훨씬 더 빨리 춘천에 갈 수 있는 고속도로가 생기고 난 뒤부터였던 것 같다.

오래된 영화를 꺼내 보는 건 지름길이 아니라 빙빙 돌아가고 싶은 어느 날, 문득 자신에게 주는 선물 같다. 그 속에서 내 나이 또래 배우의 어린 얼굴을 마주보는 것도 그렇다. 마치 하늘에 구름이 떠 있는 건, 새가 심심하지 않기 위해서라고 쓴 옛날 일기장을 보는 것과 마찬가지로.

〈와니와 준하〉 때문에 바람이 부는 또 다른 이유를 하나 더 알게 되었다. 기차를 타고 떠날 때, 열어놓은 창문 사이로 부드러운 머리카락을 마구 날리게 하기 위해서란 걸.

삶은
결국 코미디라니까

'삶은 가까이에서 보면 비극이지만 멀리서 보면 희극이다.' 이 말은 찰리 채플린의 가장 유명한 격언이다. 이 말이 힘을 가지게 된 건 그가 생활고에 시달리다 정신병원에 입원한 어머니를 둔 채 보육원에서 모진 학대를 견뎌내며 위대한 코미디언이 되었기 때문이다.

실연, 불합격, 결별, 파산, 폐업 같은 인생의 실패 앞에서 웃을 수 있는 사람이 얼마나 될까. 하지만 술 마시고 들어온 다음 날 셔츠를 뒤집어 입고 출근했단 걸 깨달았다고 말했다가 엄마에게 정신 차리고 살라며 등짝을 맞으면서도 "이야! 울 엄마 늙어도 힘이 좋구나! 여전히 아프네?"라고 '으하하하' 화통하게 웃는 사람을 상상해보자. 등짝 맞고 웃는 상황이 좀 이상해도, 어쩐지 유쾌하지 않은가.

어떤 날은 울고 싶어도 마냥 좋은 것만 생각하자.
좋은 일만.

인생을 멀리서 보면 희극이라 힘주어 말했던 찰리 채플린은 73세에 네 번째 아내와 여덟 번째 아이를 낳았다. 나는 이 사실을 어느 스포츠지 기사를 보고 알았다. 기사 옆에는 '부작용 없이 대물로 즉시 탄생! 조루증 한 방에 해결합니다!'라고 쓴 광고 배너가 위 아래로 정신없이 번쩍거리고 있었다. 기사의 제목은 이런 것이었다.

'위기의 남성들, 찰리 채플린처럼 살아라!'

하지만 사람들이 부러워할 돈 많고 화려한 인생을 살고 있는 (것처럼 보이는) 찰리 채플린의 삶 역시 '멀리'가 아니라 '가까이'에서 들여다보면 이런 사실에 가까울지 모르겠다. 저쪽 자식들보다 더 많은 양육비가 필요하다고 하루가 멀다 하고 바가지를 긁어대는 여러 명의 아내, 노인성 질환으로 손주 같은 여덟 자식들의 이름조차 헷갈려 번민하는 노인.

그러니까 '삶은 코미디'라는 말은 청춘이 할 수 있는 말이 아니다.

그것은 삶을 얼마쯤 살아본 어른만이 할 수 있는 어른의 말이다.

그러니 어떤 날은 울고 싶어도 마냥 좋은 것만 생각하자.
좋은 일만.

서른여덟에 읽는 안나 카레니나

《안나 카레니나》를 처음 만난 건 초등학교 4학년 때 2층 방에서였다. 거실에는 세계문학전집이 있었는데, 집안 식구들 중 아무도 들춰보지 않던 무거운 책들은 곧 다락방 같은 2층 빈방 차지가 되었다. 비가 쏟아지던 일요일, 밖에 나갈 수 없었던 나는 커튼이 쳐진 어두운 그곳에서 금빛 글씨가 반짝거리던 톨스토이의 《안나 카레니나》를 집어 들었다. 그러나 곧 오래된 책에서 나는 퀴퀴한 냄새와 무슨 무슨 스키와 같은 익숙지 않은 이름들, 발음하기 힘든 지명들과 세로줄 쓰기에 눈이 어지러워 책을 덮었다.

전화번호부만한 악랄한 두께로 사람의 기를 짓누르는 건 세계 모든 고전의 공통점이다. 도대체 짧게 쓴 고전이란 게 있긴 한가 싶을 정도로 걸작이라 불리는 책들은 엄청난 분량을 자랑한다. 게다가 행갈이 없이 끝도 없이 이어지는 만연체를 감당할 만한 사람은 또 얼마나 되겠는가.

내가 《안나 카레니나》를 다시 정독하게 된 건 그러므로 10년이 훌쩍 지나서였다. 고해성사를 하자면 고전은 작가들도 읽기 '되게' 힘들다. (고전이란 몇 번의 실패와 포기 끝에야 읽게 되는 독특한 속성을 가지고 있다.) 오죽하면 파울로 코엘료는 자신의 에세이 《흐르는 강물처럼》에서 작가들이 인정하는 유일한 책은 제임스 조이스의 《율리시즈》뿐인데, 실상 이 책에 대한 내용을 물어보면 하나같이 횡설수설한다고 적어놓았을까.

고전에 대한 엄숙함을 잠시 접어두고, 다소 불량스럽게 이야기하자면 《안나 카레니나》는 드라마 〈사랑과 전쟁〉의 19세기 러시아 판이다. 그것은 남들이 보기에 부족할 것 없는 고관대작의 부인 '안나'가 젊은 장교 '브론스키'와 사랑에 빠지면서 벌어지는 이야기로, 체면 때문에 자신과 이혼해주지 않는 남편과 어린 딸과 아들 사이에서 지독한 불행을 견디지 못한 그녀가 달리는 기차에 스스로 몸을 던진다는 내용이다. 기념비적인 저 마지막 기차 투신 장면을 불륜의 말로라고 정의해버리고 나면 곧이어 이어지는 말은 '이 천하의 나쁜 ×!'란 감탄사일 수밖에 없다. 이쯤 되면 우리는 왜 이런 책을 읽어야 하는가 하는 의문을 가질 수밖에 없다.

톨스토이는 49세에 이르러 《안나 카레니나》 집필을 마무리한다. 《안나 카레니나》는 톨스토이의 삶에 이정표를 세운 작품으로 진실한 사랑과 결혼, 예술, 종교, 죽음 등 삶에 관한 모든 것을 쏟아부은 톨스토이 문학의 집대성이다. 톨스토이는 이 시기를 기점으로 세계관이 크게 바뀌는데, 그동안 삶을 잘못 살았다는 통렬한 심정으로 참회록을 쓰기에 이른다. 참회록 집필 후 그는 위대한 베스트셀러 작가에서 전 인류의 계몽주의적 스승으로 극적인 변환점을 맞는다.

자신의 삶과 문학을 일치시키려 이토록 발버둥친 역사는 많지 않다. 그러나 그런 안간힘과 상관없이 그토록 자신이 지향했던 인물에서 점점 멀어져간 사람 또한 거의 없다. 톨스토이는 자신이 소설에서 비판하고 경멸했던 것들, 가령 도시의 환락과 무위도식, 사랑 없는 결혼, 거짓과 허위의 예술을 버리고 인간을 사랑하며 삶과 죽음을 겸허하게 받아들여야 한다고 설파에 가까운 설교를 했다.

톨스토이가 안나를 비극적 죽음으로 내몬 까닭은 단순히 그녀의 사랑이 불륜이었기 때문이 아니라, 비극적인 죽음을 통해 당시 러시아 귀족사회의 연애와 결혼제도, 생활방식과 가치관에 대해 얘기하고 싶었기 때문이다. 그는 어떻게 사는 것이 옳은 것인가를 고민하며 자신만의 방식으로 질문했다. 좋은 소설이란 '답'이 아닌 그 시대를 산 인간의 가능성에 대해 얘기하는 것으로 '질문'을 던지는 방식으로만 전달될 수 있기 때문이다. 질문에 대한 답은 시대에 따라 바뀔 수 있고, 변할 수 있다. 고전이 매번 사람들에게 다르게 읽히는 것은 그런 이유 때문이다.

초등학교 4학년 때, 내가 기적처럼 《안나 카레니나》를 완독했다면 말할 것도 없이 나는 이 소설의 주제가 인과응보였다고 대답했을 것이다. 불륜을 저지른 여자가 기차에 치여 죽었으므로 슬프긴 해도 삶은 원래 그래야 하는 것이라고 믿었을 것이다. 그것은 철저히 이솝우화적인 세계로 교훈을 찾는 것이야말로 진정한 독서의 의미라고 생각했던 열한 살 때의 가치관과도 잘 들어맞았다. 그러나 서른여덟에 읽은 《안나 카레니나》는 '이렇게 사는 게 나쁘다!'라는 답이 아니라 '어떻게 사는 것이 바른가?'라는 선뜻 대답하기 힘든 질문을 던져주었다. 말할 것도 없이 내가 실패를 거듭하며 이 소설의 첫 장과 마지막 장을 읽는 동안 내가 그은 밑줄은 상당 부분 바뀌어 있었다.

나는 읽을 때마다 긋는 밑줄이 달라지면 달라질수록 좋은 소설이란 편견을 오랫동안 가지고 있다. 그런 면에서 《안나 카레니나》는 내게 최고의 소설 중 하나다.

몇 번의 독서를 거치자, 나는 '안나'가 아닌 그녀의 남편 '카레닌'에 더 깊이 공감했다. 그것은 더 이상 소녀도, 미혼도 아닌 내 개인적인 삶의 조건과 연결되어 있었다. 나는 마침내 《참을 수 없는 존재의 가벼움》의 주인공 테레사가 자신의 '충견' 이름을 왜 '카레닌'이라고 지었는지 이해할 수 있을 것 같았다. 카레닌은 테레사가 보기에 타고난 희생양이었고, 그녀는 스스로 자신을 이 19세기 러시아 남자와 동일화한 것이다.

톨스토이는 절제하고 금욕하는 구도자의 삶을 원했다. 이웃에겐 사랑을 베풀라 설파했지만 아내에겐 냉정하기 이를 데 없었다. 그는 노동자를 착취하는 게으른 귀족을 경멸했지만 자신은 귀족이었고, 성욕을 혐오했지만 육체적 욕망을 주체하지 못했고, 결혼제도를 증오했지만 결코 이혼하지 않았으며 모든 것을 버리고 청빈하게 살기를 원했지만 낭비벽이 심했다. 언제나 눈물겹게 노력했지만 그 이상과 현실 사이를 되돌이표처럼 반복했다. 이런 말도 못할 엄청난 괴리가 다행히 정신질환 대신 걸작을 만들어냈으니 위대한 아이러니라 부를 만하다.

'고전은 재밌다'라는 말을 말 그대로 받아들이면 곤란하다. 그건 마치 뜨거운 욕탕에 들어앉아 '어! 시원하다' 하는 아빠의 거짓말과 비슷하기 때문이다. 고전은 어렵고 읽기 힘들다. 고전 읽기엔 상당한 유혹의 기술이 필요하다. 그러므로 나는 이렇게 말하겠다. 첼리스트 장한나가 가장 좋아하는 소설은 《안나 카레니나》다. 톰 울프, 스티븐 킹 같은 최고의 영미권 작가 125명이 꼽은 최고의 소설 1위 역시 《안나 카레니나》다. 13년간 신춘문예에 낙방했던 내가 거짓말처럼 등단한 건 《안나 카레니나》를 읽고 난 후였다.

친밀함의 거리는
45.7cm

옛 직장의 편집장과 함께 명동의 백화점에 갔다. 명품관으로 리뉴얼해 재개장한 그 백화점 안에 유명 메이크업 아티스트가 숍을 오픈했다는 소식을 듣고 간 자리였다. 백화점에 들르기 전, 잡지사 선배의 결혼식장에서 만난 우리는 예식장 음식은 한결같이 맛없었다는 말에 동의한 뒤 근처 한 태국 레스토랑에서 똠양꿍이나 팟타이 같은 음식을 잔뜩 시켜놓았다.

"신부대기실에서 선배가 하는 말이 개그맨 S가 결혼식 사회를 본 게 대여섯 번인가 그런데, 그중에 이혼한 커플이 벌써 다섯이래요."

곱게 웨딩드레스를 차려입은 신부가 어찌나 호탕하게 웃으

곧, 어른의 시간이 시작된다

며 그 얘길 하던지, 나는 선배의 씩씩함에 감동받아 파파야 샐러드를 입안에 넣으며 편집장에게 그 얘길 했다(개그맨 S가 결혼식 사회를 본 그 선배는 예쁜 아기를 낳고 잘 살고 있다).

길 건너 창가로 애프터눈 티 카페가 보이는 오후 두 시의 태국 식당에서 두 아이의 엄마이자 패션지 편집장으로 사는 내 보스의 고달픔과, 배우 하나 섭외하기 위해 백 통 넘는 전화를 걸어야 했던(섭외만 전문으로 하는 섭외 담당 기자가 있어야 한다고 주장했던) 내 푸념이 충돌했다. 나는 미국 〈보그〉는 에디터들에게 '옷 구입비'를 따로 지급한다는 확인되지 않은 사실을 이야기하다가, 잦은 야근 때문에 자신이 아니라 이모님을 엄마로 안다는 그녀의 둘째 아이 얘기에 놀라, 도대체 일과 가정은 어떻게 양립해야 하는지에 대한 공통의 문제에 직면했다. 사람에게 공간과 거리는 이렇게나 중요해서, 회의실이 아닌 풍경 좋은 레스토랑에서의 대화는 친밀하고 즐거웠다.

우리는 사진을 찍다가 '우드 스튜디오'를 세우고 의자를 만들기 시작한 한 사진작가에 대해 얘기했다. 자신의 오래된 꿈을 이룬 백발의 그에게 경의를 표하면서 말이다. 그때, 내 보스와 함께 명동 신세계백화점 본점으로 가는 길에 보았던 거대한 가림막. 그것은 르네 마그리트의 '골콩드golconde'였다. '겨울비'란 제목의 그림 속에는 푸르스름한 바탕에 중절모와 검은 레인코트를 차려입은 신사들이 비처럼 지붕 위로 주룩주룩 내려오고 있었다.

일요일 오후, 조경란의 에세이 《백화점》을 읽었다. 이 책을 읽기에 적합한 장소가 있을까 생각하다가 한 곳을 떠올렸다. 명동의 신세계백화점 명품관 맨 꼭대기 층의 카페 '페이야드.' 잔디가 깔린 야외 정원이 보이던 당시의 페이야드는 드나드는 사람들이 거의 없어, 언제나 책을 읽기에 적당한 특유의 고요함을 가진 곳이었다.

물론 백화점에서 《백화점》을 읽는 것도 흥미로운 일이었다. 책에는 물건에 얽힌 작가 개인의 이야기들이 숨어 있었다.

"시향할 때 요즘은 대체로 향을 묻힌 종이 막대를 사용하지만 나는 향수병을 직접 만지고 연 후, 코에서 좀 떨어뜨린 거리에서 향을 맡는 예전의 시향 방식을 더 좋아한다. 처음에는 장미 백합 붓꽃 백단향 등 향수를 제조할 때 기본적으로 사용하는 향기가 난다. 그 뒤에 후각을 자극하는 분자는, 먼데서 힘껏 달려와 땀방울을 튕기며 부딪치는 듯한 사향의 냄새."

조경란, 《백화점: 그리고 사물·세계·사랑》, 톨, 2011

소설가 김훈은 백화점 1층에서 나는 화장품과 향수의 인공적인 냄새를 싫어한다고 말한 적이 있지만, 도시에서 나고 자란 나는 일상이 완벽히 제거된 그 인공향들의 조합에 언제나 매혹당한다. 조지 나카시마의 나무 의자나 새로 나온 아이폰이 뉴질랜드의 목초지나 히말라야의 폭설 같은 아름다움과 분명히 다르겠지만, 나는 어느 쪽이 더 아름답다고 잘라 말할 수 없다. 자

연이 만들어낸 위대한 풍경이 아니라, 인간이 만들어낸 경탄할 만한 물건들에도 늘 울 준비가 되어 있기 때문이다.

그러므로 우울한 어느 날에는 맥박이 뛰는 곳에 향수를 바르고 백화점에 간다. 백화점 지하의 빵집을 지나며 갓 구워낸 스콘과 크루아상의 냄새를 맡는다. 에스컬레이터를 타고 1층으로 올라가 아름답게 진열된 여성용 스카프 패턴들을 유심히 살펴본다.

올해가 가기 전, 조카에게 줄 무릎을 덧댄 바지를 사고 남편에게 선물할 장갑을 미리 사두는 일과, 백화점 3층의 작은 소파에 앉아 하릴없이 오고 가는 사람들의 얼굴을 관찰하는 일이 한낮의 우울을 덜어내는 데 얼마만큼의 도움이 되는지에 대해 생각하는 것이다.

백화점에서 《백화점》을 읽다가 이런 문구를 발견했다.

가구 디자이너들이 그 물건을 사용할 사람의 행동 패턴에 대한 이해와 사회적 거리에 대한 분석 자료를 바탕으로 네 가지 카테고리로 분류한 '숨겨진 치수'라는 게 있다. 이를테면 포옹이나 속삭임을 위한 친밀함의 거리는 15.2-45.7센티, 친한 친구간의 상호작용을 위한 개인적 거리는 0.45-1.21미터, 공적인 대화를 위한 거리는 3.65미터 이상. 가구를 디자인하는 일은 가구 디자인에서 가장 중요한 덕목으로 여기는 견고함이나 유용성, 아름다움뿐만 아니라 사람과 사람의 상호작용에 대한 이해 또한 담겨 있어야 하는 것이다.

《백화점: 그리고 사물·세계·사랑》, 조경란, 톨, 2011

상품과 상품 사이, 사람과 사람 사이, 상품과 사람 사이의 거리를 헤아리며 백화점을 걷던 날, 명동의 거리가 복잡하면 복잡할수록 백화점의 한적한 옥상 정원에서 내려다본 풍경은 더 아득하게만 느껴진다.

문득 지금 내가 서 있는 백화점 옥상이 이상의 소설《날개》의 주인공이 추락하기 직전 서 있던 곳이라는 사실을 떠올렸다. 미쓰코시 백화점 옥상에 올라가 26년 동안의 일을 생각하며 오후의 사이렌 소리를 듣던 주인공의 선연한 모습을 말이다. 저 멀리 어디선가 긴 사이렌 소리가 들리는 것 같다. 그것이 백화점 폐점을 알리는 음악 소리라는 걸 알게 되기까진 어느 정도 시간이 걸렸지만.

"파트너를 바꾸어 가면서 춤추는 것이 댄스스포츠의 기본적인 예절입니다. 파트너를 바꾸는 이유는 우리 주변에 소외된 사람이 없도록 하는 데 목적이 있습니다. 나이가 많거나 장애가 있거나 얼굴이나 몸매가 못생겼다고 해서 기피한다면 진정한 댄스스포츠의 정신을 이어 나간다고 할 수 없습니다. 우리 모두 주변에 소외된 사람이 생기지 않도록 파트너를 바꾸어 가면서 댄스스포츠를 즐기도록 합니다. Please change partner!"

– 보라매공원 사단법인 한국체육진흥회 댄스스포츠 교실 홈페이지에서

내가 공중화장실에 붙은 잠언들이나
   동네 헬스클럽 광고 문구 따위를 유심히 보게 된 건,
어느 날 노인들로 북적이는 청량리역 근처를
   걷다가 보게 된 이 문장 때문이었다.
삶의 가르침은 책 속에만 있지 않다.
   그것은 동네 전봇대에 붙은 댄스스포츠 광고지에도 있다.

사라지는 가게들의 도시

원고를 쓰고 나면 습관처럼 늘 작업실 주변을 산책하곤 했다. 의자에 오랫동안 앉아 있다가 비로소 걷기 시작하면, 늘 어깨와 허리가 뻐근해지면서 그제야 내가 직립보행을 하는 인간이구나 하는 생각이 든다. 그렇게 아무 골목이나 걷다가 작은 편의점 주인이 유독 눈에 들어왔다. 호수공원으로 가는 대로변에 있는데도 불구하고 이상할 정도로 손님이 없는 그곳에서 주인은 언제나 의자에 앉아 컴퓨터를 바라보고 있었는데, 쉰이 조금 넘은 희끗한 머리카락과 덩치보다 훨씬 작은 의자 때문인지 늘 불편해 보이는 자세로 비스듬히 걸터앉아 있었다.

그곳에서 일하는 아르바이트생을 나는 한 번도 본 적이 없었다. 마감을 끝내고 늦은 밤 편의점 앞을 산책하던 중에도, 낮에 잠시 산책을 하는 중에도, 아저씨는 밤이고 낮이고 24시간 가게 안에 앉아 있었다. 어떻게 저렇게 잠을 안 잘 수가! 어쩌면 저렇게 손님이 없을 수가!

생면부지의 아저씨였지만 그가 걱정되기 시작했다. 그러던 어느 날인가, 나는 산책을 포기하고 근처에 있던 벤치에 앉아 손님이 들어갈 때까지 가게 안을 관찰하기도 했었다. 결국 내가 아는 유일한 편의점 손님은 그곳에 생수와 커피를 사러 들어간 나 자신이 되긴 했지만.

어느 날 새벽, 그곳을 지나가다가 편의점 밖에 나와 있는 아저씨를 발견했다. 지난 5개월 동안 한 번도 그가 편의점 밖에 나와 있는 모습을 보지 못한 터라, 정말 놀랐다. 그는 어둠 속에서 기계에서 나오는 희미한 불빛에 의지해 혼자 뽑기를 하고 있었다. 왜 있지 않나. 500원짜리 동전을 넣고 핸들을 작동해 장난감이나 인형을 뽑는 기계. 그가 미간을 찌푸리며 심각해질 때마다, 오래된 그 기계 작동음이 내 머릿속을 울리며 철컥거렸다. 그 일이 있은 후 꽤 긴 여행을 하고 돌아왔을 때, 편의점은 문을 닫고 사라져버렸다. 건물 앞에는 '임대 문의'가 붙어 있었다. 임대 문의라는 익숙한 글자를 바라보다가 생각했다.

서울은 사라지는 가게들의 도시라고.
임대 문의가 너무 많이 붙어 있는 폐업의 도시라고.

곧, 어른의 시간이 시작된다

영화 〈유브 갓 메일〉에는 뉴욕에서 수십 년째 대를 이어가던 서점 'shop around the corner'의 주인 캐서린이 대형 프랜차이즈 서점이 들어오자 결국 서점 문을 닫는 장면이 나온다. 그녀는 엄마와의 오랜 추억이 묻어 있는 가게 문 앞에 이렇게 써붙인다.

'42년간의 영업을 끝마치고 문을 닫습니다. 그동안의 성원에 감사드립니다.'

이 장면에서 나는 거의 자동반사적으로 어떤 장면이 떠올랐다.

그것은 대개의 동네 빵집 이름이 뉴욕빵집이거나 런던제과이거나 독일빵집이던 시절의 일로, 그때는 고급스럽고 화려한 생크림 케이크 대신 많이 먹으면 속이 더부룩해지는 느끼한 버터크림 케이크를 팔곤 했다.

우리 동네 빵집 아저씨는 저녁이면 팔다 남은 버터크림 케이크를 안주 삼아 혼자 홀짝홀짝 소주를 마셨다. 그러다가 밤늦게 술을 마신 손님이 빵집에 들어와 케이크를 찾으면 설탕으로 만든 분홍색 꽃이 줄줄이 달린 버터크림 케이크에 단팥빵과 크림빵 몇 개를 덤으로 얹어주었다. 그의 입에선 소주 냄새가 조금씩 나곤 했는데 어린 내겐 이상하게 그 냄새가 달게 느껴졌다.

케이크가 소주 안주로 어울린다는 생각은 해본 적 없었다. 하지만 늘 보는 풍경이라 나는 이 조합이 딱히 이상하다고 생각하지도 않았다. 재밌는 건 아저씨가 먹어치운 버터크림 케이크의 숫자만큼 하루가 다르게 아저씨의 몸도 빵빵하게 부풀어 올랐다는 것이다.

그곳에서 나는 동생과 이런저런 빵을 사서 나누어 먹곤 했다. 빵집 앞에는 조그마한 의자 몇 개가 놓여 있어서, 우리는 그곳에 앉아 지나가는 동네 개나 고양이들의 숫자를 헤아려보곤 했다. 따뜻하고 말랑했던 그 시간을 이야기할 때, '곰보빵'을 '소보로빵'이라고 바꾸어 부른다면 그건 아마도 내가 알던 그 맛이 아닐 것이다.

그런데 얼마 전 옛날에 살던 그 골목을 지나가다가 제과점이 익숙한 이름의 빵집으로 바뀐 걸 발견했다. 나는 그것이 '지난 42년간의 영업을 마치고 문을 닫습니다' 같은 폐업 인사만큼이나 아쉬웠다. 동네에 마지막으로 남아 있던 동네 빵집이 프랜차이즈 빵집으로 바뀌던 날, 내가 좋아하던 '엄마손 떡볶이'가 떡볶이 프랜차이즈로 바뀌던 날, 울적했다. 내가 태어나고 자란 서울에서 가장 서글픈 풍경은 이런 보통의 가게들이 하나둘 사라지는 장면과 장면 사이의 적막함이다.

오랫동안 군산에 굳이 들렀던 이유는 이성당에서 단팥빵 하나를 사 먹기 위해서였다. 인간이란 만두 한 접시, 칼국수 한 그릇을 먹기 위해 피곤함을 무릅쓰고 몇 시간이고 길을 달릴 수 있는 비합리적인 존재들이다. 이것이 대책 없는 낭만주의자의 행동이라 해도 나는 동네 가게들이 하나둘 폐업할 때마다 소주에 케이크를 안주 삼아 먹던 뚱뚱한 옛 빵집 아저씨가 생각난다. 그리고 어느 날은 문득, 소주와 함께 먹는 버터크림 케이크의 맛이 궁금해지는 것이다. 버터크림 케이크를 사려면 이제 어디에 가야 하는 거지, 라고 중얼대면서.

◇◇◇◇◇

홍대의 리치몬드 제과점이 30년의 역사를 뒤로하고 2012년 1월 31일 문을 닫게 되었다는 기사를 접했다. 대한민국에서 몇 안 되는 제과 명장이 일하는 이 오래된 빵집이 엄청나게 오른 임대료를 이기지 못하고 결국에는 대기업 계열의 커피 전문점에 자리를 내주게 되었다는 기사였다. 그리고 몇 달 후, 홍대의 '레코드 포럼'이 문을 닫는다는 기사를 보았다. 레코드 포럼 앞에서 헤어진 남자 친구를 만날 때 아름답고 낯설었던 '반도네온' 소리와 함께 흘러나오던 피아 졸라의 나른한 탱고 소리가 지금도 생생한데, 추억의 장소는 이제 다른 곳으로 바뀔 처지에 놓였다(레코드 포럼은 지금 자리를 옮겨 영업 중이다).

대학가나 동네의 책방 폐업 기사는 내가 가장 싫어하는 기사 중 하나다. 그런 책방들이 통째로 없어지고 나면 어쩐지 세상의 지혜와 지식이 줄어든 것처럼 마음이 허탈해지곤 한다. 홍대에 있던 예술서점 '아티누스'가 경영난을 이기지 못하고 폐점하던 날도 그랬다. 아티누스는 한때 내가 좋아하고 자주 드나든 곳일 뿐만 아니라, 일을 하던 곳이기도 했다. 폐업 기사에 댓글을 남겼다 지웠다. 졸지에 해고 통지서를 받은 사람처럼 뒷머리가 뜨거웠다. 언젠가 작가가 되면 그곳에서 내 책의 첫 낭독회를 열겠다는 야무진 꿈이 사라지는 순간이었다.

일하던 회사가 홍대에 있었기 때문에 이곳에서 많은 친구들을 만났다. 홍대에서 누군가를 만나면 누구나 아는 리치몬드 제과점을 기준점 삼아. "리치몬드 앞! 리치몬드 근처 카페에서!" 강남역에서 친구를 만날 때 "뉴욕제과 앞!"이라고 말했던 것과 마찬가지로.

폐업 기사를 읽다가 문득 홍대 리치몬드 앞에서 만났던 친구들을 떠올렸다. 1993년 대학에 합격하고, 만화가와 이름이 똑같은 내 친구 봉성이와 함께 홍대 리치몬드 제과점에서 차가운 슈크림을 사 먹던 기억. 슈크림은 홍대 골목길에서 팔던 어지간히 매운 떡볶이와도 잘 어울려서 얼얼해진 혀를 달래주곤 했다. 그것은 브뢰첸이나 브릿첼프랄린 같은 길고 복잡한 이름의 유럽 빵들이 없던 그 시절에 우리가 사 먹을 수 있는 최고의 빵이었다.

홍대 리치몬드 앞을 걸으며 자신의 출판사가 곧 망할 거라 말해주던 선배도 떠올랐다. 책 만드는 법은 이제 알 것도 같은데, 책 파는 법은 죽어도 모르겠다는 선배의 얼굴이 지금도 떠오른다. 마흔을 넘긴 선배가 쓸쓸한 얼굴로 이제 이혼에 대해선 조금 알 것도 같은데 결혼 생활은 죽어도 모르겠다고 말할 때, 나는 말없이 잔뜩 사 온 도넛 중 가장 화려한 토핑을 골라 그녀의 손에 쥐어주며 말했다. "이거 먹어봐요. 맛있어. 너무 달아서 아무 생각도 안 날 거야."

하얀색 베스파를 끌고 홍대의 리치몬드 앞까지 신나게 달려왔던 친구, 돌아가는 길에 사고를 당해 나를 공포에 몰아넣었던 그녀. 홍대 리치몬드 제과점 맞은편 호프집에서 가방에 달려 있던 커다란 자물쇠통을 잃어버리기도 했다. 가방 안의 '지갑'이 아니라 가방 밖에 달린 '자물쇠통'을 가져간 사람은 누구일까. 지금도 여전히 풀리지 않는 미스터리다. 리치몬드 제과점 앞을 지날 때마다 나는 늘 그런 것들이, 선배의 안부와 친구의 새로운 직장과 내 가방의 자물쇠통을 가져간 정체불명의 여자가 궁금해진다.(혹시 남자인지도?)

또 하나의 가게가 사라졌다. 하지만 추억이 담긴 동네 가게들이 사라지는 풍경을 바라보는 일에 나는 조금도 익숙해지지 않는다. 꽁치와 고등어구이 냄새가 홍건하던 종로의 피맛골이 사라졌을 때도(피맛골이 건물 하나에 통째로 들어가 '먹자타운'으로 뒤바뀐 건 우리의 비극이다), 십 대와 이십 대의 추억이 가득한 강남고속버스터미널 지하의 '한가람 문고'가 문을 닫았을 때도, 뜨거웠던 나의 이십 대가 새겨진 '곰팡이', '발전소', '언더그라운드' 같은 홍대 클럽들이 하나둘 폐업하며 문을 닫을 때마다, 나는 아득해진 눈으로 내 추억과 작별하기 위해 그곳을 서성였다. 고막이 터질 듯 크게 울리는 '너바나'의 음악 소리 때문에 볼펜으로 필담을 나누곤 했던 그 시절의 나를, 종이가 없어 손바닥과 팔뚝에 적기 시작한 간질거리는 사랑과 절망의 말들을 기억하려 애쓰면서 말이다.

내가 알던 추억 속의 홍대는 거의 다 사라졌다. 예술가들의 예민한 더듬이로 찾아냈던 신선한 거리 풍경은 조금씩 삭제됐고, 임대료가 치솟은 자리에는 대형 프랜차이즈 가게들이 쏟아져 들어왔다. 황신혜 밴드나 허벅지 같은 독특한 이름의 인디 밴드 집합지였던 클럽도, 막 시작하는 화가들을 위한 작은 갤러리도, 다양한 음악을 틀어주던 독특한 카페들도…… 2012년 서울에 함박눈이 쏟아지던 날, 홍대의 리치몬드에 가는 대신 이시영 시인의 〈리치몬드 제과점〉을 읽었다. 이 시는 이렇게 끝난다.

리치몬드가에서 나는 무릎을 치켜올려
좁은 카누 바닥에 드러누웠었지

내 발은 무어게이트에, 내 마음은
나의 발밑에, 그 일이 있은 뒤
그는 울었지. 그는 새 출발을 약속했지만
나는 아무 말도 안 했어
무엇을 내 원망하랴?

이시영, 〈리치몬드 제과점〉

무엇을 내 원망하랴!
시간이 흐르면 많은 것들이 낡고 늙으며 스러지는 것을.
홍대에서 아티누스가 문을 닫고, 발전소가 문을 닫고, 리치몬드가 문을 닫던 날,
아마도 내 청춘이 져버린 것을.

곧, 어른의 시간이 시작된다

어
른
스
런
밤

"돈 갚아!"

어느 날, 헤어진 여자 친구가 1년 만에 나타나 불쑥 이렇게 말한다면 남자들은 어떻게 반응할까. 그중 몇 명은 "못 갚아!"라고 더 크게 소리 지를지도 모를 일이다. 하지만 대부분의 (돈을 정말 꿔간) 남자라면 당황한 얼굴로 "갚을게. 근데 조금만 기다려줘!"라고 말하지 않을까. 그런데 이 남자 '병운'은 참 독창적인 부류다. 그는 누군가에게 '빌려서' 헤어진 여자 친구 희수의 돈을 갚기 시작한다. 돈을 꾸러 다니는 부류도 호스티스로 일하는 동생부터 이혼하고 싱글맘이 된 자신의 초등학교 동창까지 다양하다.

이윤기 감독의 〈멋진 하루〉는 '아는 여자'라는 제목으로도 치환 가능한 영화다. 주인공 병운이 희수와 연애할 때 그녀에게 빌린 돈 350만 원을 갚기 위해 자신이 '아는 여자'들을 찾아가면서 벌어지는 일종의 로드 무비이기 때문이다.

그 옛날 포털사이트 '다음'에 '미즈넷'이라 부르는 게시판이 있었다. 취재를 위해 종종 그곳에 들어갔다. '네이트'에 들어가 '판'이라 부르는 게시판의 글도 꼼꼼히 읽었다. 지금은 유튜브나 네이버로 바뀌었을 뿐, 세상엔 여전히 최악의 시어머니와 최악의 아내, 최악의 남편과 최악의 상사와 최악의 이웃, 최악의 결혼 상대 등 나쁜 사람들의 종횡무진 활약상이 24첩 한식 밥상만큼 가득하다.

물론 '최악의 애인'도 이곳의 단골 등장인물 중 하나다. 그중에는 연애할 때 돈을 갚지 않고 내뺀 애인이나, 연애하는 동안 애인의 핸드백 값과 밥값으로 680만 원이나 쓴 것으로도 모자라 마이너스 통장까지 만들었다고 호소하는 나쁜 애인의 착한 연인도 존재한다. 이런 글에 대한 사람들의 반응은 정말이지 한결같아서 마치 성가대의 웅장한 화음을 듣는 느낌마저 든다.

님! 당장 헤어지세요.
님! 그거 ×신 인증입니다.

과거 미즈넷적이며 판적인 세계에서 가장 많이 통용되는 캐치프레이즈는 바로 '님! 당장 이혼하세요'였다. 이런 극단적인 문구들은 철저히 선과 악으로 나뉜 이분법적인 세계에 편입되어 사람들의 마음을 극단적으로 뒤흔든다. 그러나 애인에게 돈을 꾸고 갚지 않은 나쁜 남자 병운은 이런 이분법적인 세계엔 쉽게 분류되지 않는 묘한 남자다. 게다가 '묘한 남자' 병운의 입에선 언뜻 뻔뻔하게 느껴지는 소리가 참 잘도 흘러나온다.

"희수야. 원래 인생이란 게 그런 거지. 내가 있을 땐 없는 사람 돕는 거고, 내가 없을 땐 있는 사람에게 도움 받고. 안 그래?"

이 남자, 잘못한 마당에 해맑게 웃기는 또 어찌나 잘 웃던지!

이렇게 하나 마나 한 소리나 내뱉고 다니는 주제에, 병운은 어이없게 돈을 참 잘도 빌린다. 세상에서 가장 빌리기 힘든 게 돈이라는데, 놀라운 건 사람들도 그에게 참 잘도 꿔준다는 것이다. 대체 뭘 믿고? 왜? 희수 입장에서 보면 사람들의 행동 역시 도저히 이해할 수가 없다. 병운은 결혼했고, 두 달 만에 이혼했고, 헤어진 애인에게 돈까지 꾸고 안 갚은 대책 없이 나쁜 남자이기 때문이다. 경마장에 처박혀 있는 그를 발견한 희수가 어이없는 얼굴로 "야! 돈 갚아!"라고 소리 지를 만한 놈인 셈이다.

내가 이 영화를 무려 세 번이나 본 까닭은 병운에게 돈을 꿔주는 여자들이 내가 사는 각박한 이 도시에 이렇게 많다는 놀라움 때문이었다. 이때 서울은 그런 맘 좋은 여자들이 사는 외로운 도시로 등장하는데, 돈을 꿔주는 장소 역시 건물 맨 꼭대기의 골프 연습장부터 고급스런 주상복합 건물, 이태원의 골목,

지금은 없어진 한남동 KFC 앞, 서울 변두리의 어느 슈퍼마켓 앞까지 참 다양하다.

희수의 차를 타고 돈을 꾸러 다니는 병운의 동선을 바라보면 서울의 지도가 그려진다. 이들이 한창 개발이 진행 중인 어수선한 용산을 지나, 잠수교를 지나쳐, 이태원과 종로의 허름한 뒷 골목에 이르렀을 즈음엔 태어나 줄곧 서울에서 살던 사람이 느낄 수 있는 이 도시에 대한 애잔한 감정이 온몸으로 느껴진다. 그렇게 영화가 끝날 즈음엔 도무지 이해할 수 없던 남자 '병운' 이 어쩐지 이해될 것 같은 기막힌 심정이 되어버린 것이다.

이태원, 옥수동, 내방역, 청파동 어디 즈음. 〈멋진 하루〉가 보여주는 공간들은 내가 직접 걷고, 물건을 사고, 남자와 포옹하며 헤어졌던 공간이었다. 언젠가 손을 잡고 어둠 속에서 반짝이는 해방촌을 바라보며 도시에 별이 있다면 저런 불빛들일 거라고 말해주던 남자. 식지 않게 하기 위해 뜨거운 붕어빵을 사 들고 숨차게 뛰었던 남자. 박하사탕을 좋아한단 얘길 기억해내곤 크리넥스에 싼 박하사탕을 일부러 건네주던 남자. 한때는 지독히 다정한, 다른 때는 그것이 지독한 나쁨으로 되돌아오는 사랑 이야기 속의 남자들.

영화가 끝난 후에야 나는 이 영화의 영어 제목을 알게 되었다. 〈My dear enemy〉. 흥미롭게도 My dear enemy라는 〈멋진 하루〉의 영문 제목은 서울에서 헤어졌던 남자들에 대한 양가적인 내 감정과 일치하는 것이었다. 너무나 좋아하는, 그래서 자주 미워지는 서울. 서울을 이런 리듬으로 그려낸 영화를 〈접속〉이

후 만난 적이 없었다. 게다가 두 편의 영화에 동시에 등장하는 전도연을 보는 감정은 더 각별했다.

15년 전, 〈접속〉에선 뽀글거리는 파마머리와 귀여운 눈매를 가졌던 그녀가 〈멋진 하루〉에서 매서운 스모키 메이크업으로 무장한 채 헤어진 남자 친구에게 '돈 갚아!'를 연발할 때, 나는 1997년의 뜨거운 여름과 2011년의 쓸쓸한 가을을 동시에 느꼈다. 길고 먼 시간의 간격들이 이 명민한 배우의 얼굴에 희미한 주름을 만들고, 시니컬한 표정을 입히고, 생의 비밀을 알아챈 듯한 미소를 입혀놓은 걸 보고, 좋아하는 배우와 함께 나이 들어가는 시간도 그럭저럭 괜찮다고 느꼈다.

이 나이쯤 되면 우연히 명동의 레코드점 '브루의 뜨락'에서 아슬아슬하게 스쳐 지나가는 한석규와 전도연보다, 사귀다 헤어져 너덜너덜해진 채 서로를 바라보는 하정우와 전도연 쪽이 더 가슴에 와 닿는다. 막 사랑이 시작되려는 쪽보다 이미 끝난 쪽의 이야기가 마음을 흔든다. 막 시작되려는 쪽의 설렘보다 곧 끝나려는 쪽의 안간힘이 언제나 내 마음을 울린다. 그래서 이미 끝난 연인의 이야기를 다룬 〈멋진 하루〉는 언젠가 지치고 힘들 때, 내가 자꾸만 꺼내보게 될 영화라는 걸 알았다.

희수에게 빌린 돈을 다 갚고 차 안에서 병운이 내리던 마지막 장면. 영화 속에서 희수가 사라지는 병운의 뒷모습을 바라보며 "실컷 욕이나 해주려고 했는데!"라고 혼잣말하는 장면에서 나는 큰 소리로 웃었다. 신경질적으로 내내 굳어 있던 희수의 미간이 그제야 자연스레 풀어지는 걸 보면서 내 마음의 주름 하나가 펴지는 것 같았다. 마지막에 이르러 희수가 보여주는 미소. 굳이 표현하자면 '피식' 정도가 될 그 미소 때문에, 나는…… 안심이 됐다.

별 하나 뜨지 않는 서울에서 아파트 보도 위의 아스팔트를 땅이라, 도심의 네온사인을 별이라 생각하며 자라난 이들에게 이 도시가 줄 수 있는 하루치의 위안을 다 받은 느낌이었다. 문득 길을 걷다 헤어진 남자 친구를 만나면 피하는 대신 피식, 웃어줄 수 있을 것 같은 생각이 드는 어른스런 밤이었다. 그때 내가 꿔준 13만 원을 갚지 않은 K가 이 글을 읽고 있다면, 내 말이 뭘 의미하는지 아마 알고 있을 거다.

우리는 허황된 것이 아니라 지금 우리가 할 수 있는 것들에 대해, 우리의 삶을 조금 더 행복한 쪽으로 바꾸기 위한 것들을 고민해야 한다. 사물이 거울에 보이는 것보다 더 가까이 있는 것처럼, 삶의 행복이나 진실도 우리가 생각하는 그런 먼 곳에 있는 거창한 것이 아닐지도 모른다.

어른의 시간.

열 살 내 조카의 취미는 지하철 타기와 지하철 역명 외우기다. 비행기를 타고 열네 시간을 날아가야 하는 뉴욕에 가본 경험이 있는 아이지만, 자신이 사는 3호선 고속터미널역에서 가장 멀리 갈 수 있는 종점인 대화역까지 가보는 것이 아이의 오랜 소원이었다. 얼마 전 드디어 엄마와 함께 대화역에 가보았다고 아이는 무척 자랑스러워했다.

아이에게 세상의 끝은 남극이나 북극이 아니라, 3호선의 종점인 대화역이었다. 내게 세상의 끝은 어디일까. 추운 곳을 지독하게 싫어하던 내가 생각했던 그곳이, 남쪽이 아닌 북쪽이라는 사실을 알고 조금 놀랐다. 북쪽에서부터 차가운 바람이 불어왔다. 드러난 발목이 시렸다.

걷는 여행은
울퉁불퉁해진 삶을 위로한다

제주도는 오랫동안 내게 비행기를 타고 가야 하는 관광 특구였다. 야자수가 서 있는 이국적인 공항에 도착하면 곧장 렌트카를 빌리고, 중문관광단지로 직행해 바다가 보이는 호텔에 체크인하는 곳. 주변 식당에서 해물뚝배기로 허기를 채우고, 호텔 창밖에서 바다를 보는 휴양지로서의 이미지 그 자체였다.

시간을 더 낸다면 렌트카를 타고 바닷길을 따라 민속촌, 여미지 식물원, 테디베어 박물관이나 용머리 해안, 성산포 같은 정해진 코스를 한 바퀴 돌고 왔다. 그 옛날 최성원이 아련한 목소리로 '떠나요~ 둘이서. 모든 걸 훌훌 버리고'라고 속삭인들 제주도에 가서 다른 것을 보고 싶단 생각이 들진 않았다. 제주도는 신혼여행을 가는 곳이고, 물질하는 해녀들이 있는 곳이고, 언제나 너무 먼 곳이라 나와 거리가 먼 섬처럼 느껴졌다.

　나의 제주는 올레 전과 올레 후로 나뉜다. 제주 올레가 생기기 전, 나는 제주의 맨얼굴을 전혀 몰랐다. 그건 마치 〈붉은 노을〉을 이문세의 노래가 아닌 빅뱅의 힙합 버전 노래로 알고 있거나, 산울림의 〈너의 의미〉를 아이유의 감미로운 발라드 곡으로 알고 있는 것과 비슷한 느낌이었다. 최성원의 〈제주도 푸른 밤〉보다 성시경의 발라드 곡이 더 익숙한 사람처럼 말이다.

　제주 올레가 열린 후, 이 섬의 구석구석을 걷기 시작했다. 제주의 속살은 분명 '걸어야만' 느낄 수 있는 것이었다. 달리는 차 안에서 맞는 바람과 천천히 걷는 걸음 속에서 느끼는 바람이 같을 순 없는 일이었다. 자동차를 타고 서귀포 해변을 달리다 보면, 소라며 전복이 든 망태기를 등에 지고 올라오는 해녀를 마주칠 순 있어도 그들과 이야기할 수는 없기 때문이다. 관광이 아닌 여행은 느림을 전제한다. 여행자는 그곳에서 살아가는 사람의 삶을 본다. 그리고 그곳 사람들이 먹는 음식들을 먹는다. 돼지국수나 갈칫국, 보말 비빔밥과 돔베고기 같은 음식들.

　올레를 걸으며 많은 여자들을 만났다. 걷는 여행이 울퉁불퉁해진 삶을 위로한다는 걸 아는 나이의 여자들이었다. 올레를 걷는 사람들 중에 유독 혼자인 사람이 많아서 좋았다. 혼자여도 두렵지 않은 건 이 섬이 가지고 있는 온화함 때문일 거라고 생각했다. 화산이 터져 군데군데 분화구가 남아 있는 이 오래된 섬에는 마음마저 둥글어지는 '오름'이 헤아릴 수 없이 많다. 사

　　　　　　　　곧, 어른의 시간이 시작된다

진가 김영갑의 작품 속에 담긴 제주의 얼굴은 스스로 이곳까지 걸어온 내게 조용히 길을 열어주었다. 폐교를 고쳐 만든 그의 아름다운 갤러리 '두모악'은 올레 3길에 외따로이 위치해 있다.

호텔이 빽빽한 중문단지에서 조금만 내려와도 화산이 폭발하며 바꾸어놓은 제주의 지형과 구멍이 숭숭한 현무암, 전쟁 때문에 일본군이 파놓은 수많은 동굴들과 마주쳤다. 90도로 내리꽂는 땡볕 속에 힘든 해변 길을 걷는 게 부담스럽다면 깨끗하게 길을 닦아놓은 외돌개를 구경하는 것도 즐거운 일.

사람마다 제주에 얽힌 이야기들이 있겠지만 제주도 하면 나는 늘 성산포 앞바다가 떠올랐고, 이생진의 〈그리운 바다 성산포〉가 그려졌다. 얼굴 사이로 부는 선명한 바닷바람을 몸으로 느끼며 이 바람의 섬이 내게 준 작은 위로들도.

성산포에서는 사람은 슬픔을 만들고
바다는 슬픔을 삼킨다
성산포에서는 사람이 슬픔을 노래하고
바다가 그 슬픔을 듣는다

성산포에서는 한사람도 죽는 일을 못 보겠다
온종일 바다를 바라보던
그 자세만이 아랫목에 눕고
성산포에서는 한사람도 더 태어나는 일을 못 보겠다
있는 것으로 족한 존재.

모두 바다만을 보고 있는 고립

이생진, 《그리운 바다 성산포》 중 〈그리운 바다 성산포〉, 우리글, 2018

해마다 여름이면 시집과 화첩을 들고 제주의 섬 구석구석을 돌아다녔다는 시인의 생활은 사람들에게도 잘 알려져 있다. 내 친구는 의과대학을 졸업하던 해 성산포 어딘가에 그의 시집 한 권을 묻어놓고 왔다는 말을 들려주었다. 제주의 바다를 걸을 때마다 나는 그가 했던 말을 떠올리며 상상했다. 그곳을 걷던 한 여자가 이생진의 시집을 운 좋게 발견하고 바다 내음 가득한 시 한 구절을 조용히 낭독하다가 결국 울고야 마는 모습을. 그 울음이 서럽지 않게 들린다면 그것은 시가 가진 힘 때문일 거라고 생각했다.

그때 나는 제주의 울퉁불퉁한 길을 멈추지 않고 걸으며 스스로에게 말했었다. 나는 '대신'이라 써 붙일 수 있는 인생이 어떤 것인지 얼마간 알고 있다. 말하자면 이런 것이다. 나는 소설을 읽는 대신 요리책이나 연애상담서를 읽었다. 소설을 쓰는 대신 소설의 리뷰를 썼다. 소설가가 되는 대신 소설가를 인터뷰했다.

완벽한 대신 인생.

나쁘지 않았다.

아주 좋지도 않았지만.

너무 사랑해서 그 일을 꼭 하고 싶은데 더 이상 버틸 희망도 돈도 없다고 말하는 그녀에게 이렇게 말했다. '대신' 인생이라도 열심히 움직이며 살아야 한다고. 한밤중 부엌 탁자에 앉아 소설을 쓰기 시작하면, 낮의 피곤 때문에 한 문장을 쓰는 동안 오타가 서너 개나 나오는 삶이라도, 그래야만 자꾸 멀어지는 꿈으로부터 자신을 지켜낼 수 있다고 말이다. 돌이켜보면 꿈은 누구나 꿀 수 있는 게 아닌 것 같다고도 말했다. 꿈이란 그것을 지키려는 안간힘으로 끝내 간직되는 것이라고.

제주 바닷가 사이 반들반들해진 몽돌을 바라본다. 바람이 분다. 저기, 자갈 굴러가는 소리가 들린다. 울퉁불퉁한 그것이 바닷물에 깎이고, 바람에 쓸려 오랜 시간에 걸쳐 조금씩 둥글어지는 모습을 상상한다. 검은색 몽돌들이 햇빛에 반짝였다. 보석처럼 예뻤다. 어쩜 우리의 삶 또한 그런 게 아닐까. 서 있을 수 없을 것 같은 순간에조차 힘을 내 걷고 조금 더 걷다 보면, 기어이 가라앉는 상처의 분진들을 바라보게 되는 것.

제주도에 가면 일단 걸어볼 일이다. 스페인어도, 영어도 못하는 단출한 여행자라도 이 섬은 누군가를 주눅 들게도 고달프게도 하지 않을 것이다. 가끔씩 마주치며 듣는 기이한 제주 방언이 흡사 알아듣지 못할 외국어처럼 들리더라도 그것은 결코 우리를 기죽이지 않고 웃게 할 것이므로.

영국의 어느 사진가와 작업할 때의 일이다.
스튜디오에는 무척 유쾌한 사진가의 어시스턴트가 있었다.
그는 정해진 동선 안에서만 움직이는 사람처럼
정확하고 유연하게 움직이고 있었다.
내 눈에는 훌륭한 사진가가 될 사람처럼 보였다.
사진가가 휴식할 때 그는 조명을 바꾸고, 노출을 재고,
자신이 해야 할 일을 차질 없이 해내고 있었다.
촬영이 끝나고 스태프들과 맥주를 마시다가 내가 그에게 물었다.
"넌 일을 즐기는 것처럼 보여. 앞으로 어떤 사진가가 되고 싶니?"
그는 물끄러미 날 바라보더니 웃었다.
"사진가? 아니. 난 이미 꿈을 이뤘어.
난 프로페셔널한 어시스턴트가 될 거거든."
순간 멍해졌다. 맥주에 취해 그를 바라봤던 기억.
뒤통수 한 대를 얻어맞은 기분이었다.
그가 세계 최고의 포토 어시스턴트가 되었는지는 모르겠다.
하지만 자신이 원하는 걸 정확히 알고 있었던 그는
분명 행복한 포토 어시스턴트가 되었을 것이다.

마흔이 되면 나만의 방을 찾아 정착할 수 있을까

사랑에 빠진 여자의 옆방에 사는 건 재앙이다. 그곳이 대학가 원룸촌의 작은 방 옆이라면 두말할 것도 없다. 형편이 된다면 방을 뺄 것을 진지하게 충고한다. 스물 몇 살, 열애 중인 여자는 뱀파이어처럼 낮밤이 바뀌어 밤에도 쉽게 잠들지 못한 채 뒤척인다. 열애 중인 여자는 냄새로, 목소리로, 계단을 오르내리는 발자국 소리로도 수없이 많은 연애의 흔적들을 남기는데, 그것의 대부분은 엄청난 양의 전화 통화와 흐느낌들이다.

그 여자의 옆방에 산 지 두 달, 나는 '웃음소리'에 대한 짧은 단편 하나쯤은 쓸 수 있을 것 같다. '울음소리'라면 500페이지짜리 책 한 권을 거뜬히 쓸지도 모를 일이다. 어느 날은 슬퍼서 울

곧, 어른의 시간이 시작된다

고, 어느 날은 기뻐서, 어느 날은 싸웠다고 우는 여자가 옆방에 산다. 극적으로 화해한 날 남자가 그녀의 방에 찾아오기라도 하면…… 화해 중인 연인들의 시시콜콜한 침대 이야기를 알고 싶은 마음이 없어도 얇은 벽은 커튼 뒤 일처럼 그 모든 소리를 생중계한다.

어디 그뿐인가. 한동안은 새벽 세 시쯤 휴대폰으로 들려오는 옆방 여자를 위한 난데없는 사랑의 세레나데를 들어야 했다. 드라마 〈시크릿 가든〉이 한창 유행할 때, 나는 현빈이 불러 유행시켰던 〈그 남자〉를 몇 번이나 들어야 했다. 이 거지 같은 사랑, 그 남자는 웁니다, 라는 가사가 나올 때쯤이면 나도 '이 거지 같은 인간들아, 노래는 낮에 하자, 쫌!'이라고 소리치며 엎어져 울고 싶었다.

생각해보면 참 많이도 이삿짐을 꾸렸다. 원고를 쓸 수 있는 작은 책상과 노트북 하나면 족했으므로 짐이 많지도 않았다. 강원도 인제에서 두 달, 서울의 연희동에서 석 달, 다시 강원도 원주에서 두 달 그리고 한남동 집과 안암동의 작은 원룸에 대구와 일산 작업실까지. 글이 잘 써질 것 같으면 어디든 짐을 쌌다. 방과 방 사이를 떠도는 동안, 달력의 그림이 바뀌듯 옆방과 옆방 사람들 역시 계속 바뀌었다.

시인이나 평론가가 옆방에 있던 원주의 방에서는 J가 읽으며 추천했던 로버트 메이너드 피어시그의 《선과 모터사이클 관리술》이나 장 필립 투생의 짧고 강렬한 소설들을 읽었다. 시인이며 평론가였던 J는 새벽 세 시에 일어나 하루도 빠지지 않고 매일 다섯 시간 동안 글쓰기를 생활화한 사람이었는데, 1년이면 만 장이 넘는 원고를 쓴다고 했다. 만 장이라니! 그는 미라클 모닝의 산증인이었다. 나는 잠들지 못한 새벽에 그가 글을 쓰느라 일어나는 소리를 듣다가, 중요한 건 역시 문학에 대한 어떤 태도일 것이란 생각을 했다.

"물은 98도나 99도씨에서는 끓지 않아요. 물은 반드시 100도씨에서만 끓잖아요. 그러니까 100도씨까지 가려면 끊임없이 쓰는 수밖에 없는 거죠. 그저 정해진 양을 묵묵히 쓸 수밖에 없어요."

그는 걸어 다니는 명상록이었다. 그저 정해진 양을 묵묵히 쓸 수밖에 없다. 이 말이 글쓰기뿐만 아니라 이 세상 모든 것에 통용된다는 건 십수 년의 세월을 통해 배웠다. 가치 있는 성과에는 언제나 시간이 필요했다. 외국어 공부도, 요가도, 발레도, 소설 쓰기도 끝내 그렇게밖에는 완성되지 않았다. 그저 묵묵히 정해진 양을 쓰고, 정해진 수업을 듣고, 일정 분량의 원서를 읽으며 단어를 외우고 연습하고 몸에 익히는 것 말이다. 그 외의 모든 비법이나 비결은 요행을 바라는 연약한 내 바람일 뿐이었다.

오후에는 점심을 먹고 산책을 하거나 가끔 커피를 마시면서 그와 대화를 나누기도 했다. 말을 할 때마다 좁아지는 진중한 그의 미간을 바라보면 마감하지 못하는 이유를 수없이 늘어놓던 내가 한심하게 느껴졌다. 질을 담보하는 것은 역시 절대적인 작업량이라는 게 그의 말이었다. 그 밤, 나는 일기장에 그의 말을 적었다.

시인이 옆방에 거주하고 있던 때, 종종 시집을 읽거나 시인이 쓴 에세이를 읽었다. 허수경의 《길모퉁이의 중국식당》을 다시 읽은 것도 옆방 시인 때문이었다. 책을 읽다가, 자신의 삶을 한 편의 '시'처럼 만들어버린 사람의 이야기를 읽고 그 구절엔 연필로 밑줄을 그었다.

> 그는 평화주의자였다. 68세대의 일원이기도 했던 그는 녹색당 일에 평생을 바쳤다. 평생 돈을 버느라 시간을 소비한 적이 없다. 많은 68세대 사람들이 그러하듯 그는 소위 '대안적인 삶'을 살았다. 가족들은 현실적으로 무능한 그를 떠났다. 그들의 동료인 녹색당 사람들이 정권을 잡자 그는 녹색당에서 나왔다. 그리고 68세대들이 골방에 앉아 만들던 작은 소식지를, 지금은 잊혀져 아무도 만들지 않는 그 소식지를 다시 만들었다. 낮에는 공사장에 나가서 일을 했다. 그것으로 그는 빵을 벌었다. 아니 빵과 함께 담배도 벌었다. 그는 골초였다. 그러던 그가 올해 초 담배를 끊었다. 아주 단방에. 올해부터 담배세가 전쟁을 협조하는 데 쓰이기 때문이다.

> 허수경, 《길모퉁이의 중국식당》, 문학동네, 2003

하루에 담배를 두 갑씩 피는 옆방 시인이 가끔 휴식을 위해

방 밖으로 나와 담배를 피우고 있으면 그에게 감추어진 시인의 세계에 대해 엿듣기도 했다. 우리는 함민복 시인이 〈긍정적인 밥〉에서 '시 한 편에 3만 원이면 너무 박하다 싶다가도, 쌀이 두 말인데 생각하면, 금방 마음이 따뜻한 밥이 되네~'라고 말한 맥락을 토론했다. 그것은 예술가가 밥을 먹고사는 문제로, 정확히 말해 시 한 편에 3만 원조차 주지 않는 현실에 대한 얘기였다. 이러니 내가 담배를 못 끊지, 시인이 배시시 웃다가 이것이 '아이러니'라며 다시 라이터에 불을 붙였다.

어느 시절, 몇 달 단위로 내 방이 계속 바뀐 때가 있었다. 103호 인 내 방 옆으로 어느 달은 애주가로 소문난 소설가가 오기도 했고, 어느 달은 삼교대로 일하는 간호사 출신의 극작가가 옆방에 오기도 했다. 그때마다 나는 응급실에서 일하던 간호사였지만 소설가가 된 어느 작가의 정신병동을 소재로 한 소설을 읽었고, 소설가가 화자로 나오는 작가 소설을 읽기도 했다. 나란 사람은 쉽게 물드는 사람이라 옆방에 누가 사느냐에 따라 읽고, 쓰고, 느끼는 것들이 수시로 바뀌었다. 일인칭에서 삼인칭으로, 전지적 작가 시점으로.

작은 책상과 싱글베드, 열 개쯤의 햇반이 들어가는 미니 냉장고가 있던 원주의 방에서 김미월의 소설《여덟 번째 방》의 첫 번째 문장을 읽었다. 서울로 대학을 간 후, 모두 여덟 번의 이사를 하게 되는 남자의 이야기였다. 바닷가 고향집에서부터 웃방을 개조해 유달리 나프탈렌 냄새가 나던 서울의 친척집, 대학가의 하숙방, 단칸 셋방, 옥탑방, 반지하 골방, 원룸에서 또 다른 방으로 옮겨 다니는 스물 몇 살 남자의 이야기 말이다.

《여덟 번째 방》은 주인공 영대가 최홍만이라면 잠을 잘 수 없을 정도의 크기인 '잠만 자는 방'에 들어가면서 시작된다. '집=방'의 등식이 성립되는, 이사의 역사가 청춘의 역사와 궤를 함께하는 액자 소설이다.

이 소설에 등장하는 고시원과 원룸은 마이크 데이비스가 쓴 《슬럼, 지구를 뒤덮다》의 기준으로 보면 도시의 슬럼에 가깝다. 하지만 소설이 말하는 것은 사회생태학적인 시니컬한 분석이 아니다. 꿈이 없는 세대에게 '꿈을 가져라!'라고 외치는 것이 아니라 꿈 없는 삶에 대해 조용히 되뇌며 명상하는 것을 지지하는 쪽이다. 그것이 상처를 위무하는 방식이 될 수도 있음을 작가는 자신의 체험을 녹여 차분히 설득하고 있다.

> 비 오는 날이면 왜 부침개가 먹고 싶어지는지 아는가? 기름에 전 부치는 소리가 비 오는 소리하고 비슷해서 그런 거야.

느닷없이 가을을 알리는 비가 내리던 날, 나는 이 문장에 밑줄을 그었다. 새벽에는 가끔 고라니 우는 소리가 들렸지만 대부분 추적추적 내리는 가을비의 발자국 소리가 들릴 정도로 방은 고요했다. 그곳에서 두 개의 단편과 스무 권쯤의 책을 읽고, 여덟 개의 단편을 엮은 내 첫 번째 소설집의 마지막 교정지를 고쳤다. 그리고 '방=집'이 될 수밖에 없는 삶에 대해 생각했다. 일본에서도, 이탈리아나 대만의 어느 도시에서도 청춘들은 점점 더 가난해지고 있었다.

《여덟 번째 방》의 마지막 문장을 읽은 건 안암동 대학가 원룸 204호에서였다. 기온이 영하 15도까지 떨어지고 폭설이 내리던 2010년의 마지막 겨울. 옆방 여자의 연애가 환희에서 고통으로 변하던 무렵이었다. 연애의 화룡점정을 찍었으니 이제 내려갈 일만 남아 있었다. 수화기를 들고 우는 여자의 곡소리가 커질 때마다, 책 속에 등장하는 방의 크기는 점점 더 줄어들어 내 몸에 젖은 휴지처럼 달라붙는 느낌이었다.

원주와 안암동의 작은 방을 떠나던 날, 나는 방의 모서리들을 일일이 만져보았던 것 같다. 그곳 냉장고에 차곡차곡 쌓아두었던 인스턴트식품들을 찍어 '이 많은 즉석식품은 누가 다 먹었을까?' 하는 제목으로 트위터에 올렸다. 얼굴이 나오지 않는 기념사진이었는데, 어쩐지 그것이 이 방의 내장기관들인 것 같아 모조리 소화돼 사라지기 전에 기억해두고 싶었다. 방의 짐들을 정리하고 서울에 올라가기 전날 밤, 좀 울었던 것 같다.

버지니아 울프는 《자기만의 방》에서 제2의 여자 셰익스피어가 나올 수 있는 두 가지 전제조건은 '고정적인 수입'과 '자기만의 방'이라고 말했었다. 놀랍게도 울프는 고정 수입의 액수까지 구체적으로 명기해놓으며(500파운드!) 바로 그 '돈'으로 자기만의 방을 지키라고 강조하고 있다.

자기만의 방을 갖는 것은 모든 작가들의 소망이 아닐까. 자신만의 작업실을 찾기 위해 방랑하는 작가들의 이야기는 모험에 가깝다. 제주도 어느 해녀의 집으로, 가야산 해인사의 어느 요사채에서, 홍제동의 여덟 평 작은 오피스텔에서 자신만의 '방'을 찾았다고 얘기하는 작가들을 나는 종종 보아왔다. 나 역시 나만의 방을 찾기 위해 유랑민처럼 떠돈 세월이 십수 년이다.

내 방은 어디에 있을까.
언젠가 더 이상 떠돌지 않고 나만의 방을 찾아 정착할 수 있을까.

서울에서 대구로 내려가기 위해 짐을 싸던 날, 창밖에 걸린 달이 존재하지 않는 내 방의 꼭짓점처럼 환하고 명료하게 느껴졌다. 무언가 들어낸 자리마다 바닥엔 상처가 남아 있었다. 누군가를 떠날 때마다 나는 그 사람의 빈 공간에 어떤 상처를 남겼을까. 문득 얼굴이 화끈거렸다.

곧, 어른의 시간이 시작된다

난 빨래를 해요
　오늘은 쉬는 날
가을 햇살은 눈부시고
바람이 잘 불어
　밀렸던 빨래를 해요
　　　　　　……
난 빨래를 하면서 얼룩 같은 어제를 지우고
　먼지 같은 오늘을 털어내고
주름진 내일을 다려요
　잘 다려진 내일을 걸치고
　　　　　오늘을 살아요

　　　　　뮤지컬 〈빨래〉 중에서

스터디 목사는 등에 '공항사제'라는 말이 적힌, 눈에 잘 띄는 재킷을 입고 있었다. 60대의 스터디 목사는 교회 턱수염의 전형이라고 할 만한 거대한 수염을 기르고 금테 안경을 썼다.

"목사님한테 오는 사람들은 대개 무엇을 해달라고 하나요?"

"헤맨다는 느낌이 들 때 나한테 오지요."

헤맨다는 말에 힘을 주었기 때문에 그 말은 인류, 그러니까 성 아우구스티누스가 "하느님의 도시에 들어갈 수 있을 때까지 땅의 도시를 헤매는 순례자들"이라고 묘사한 존재들로 이루어진 불운한 집단의 영적 혼란을 반영하는 것 같았다.

"네, 그런데 어떤 문제에서 헤맨다고 느끼던가요?"

"아."

목사는 한숨을 쉬더니 말을 이었다.

"거의 언제나 화장실을 못 찾아 헤매더군요."

《공항에서 일주일을》, 알랭 드 보통, 청미래, 2009

작업실을 일산으로 옮긴 봄 이후, 거의 매일 작업실 앞 카페에 나가 장편소설의 원고를 썼다. 오전 열 시에 마시는 아이스 아메리카노. 봄이든, 여름이든, 가을이든 겨울이든 메뉴에는 변함이 없었다. 그룹 '10센티'의 〈아메리카노〉가 카페의 배경음악으로 나오는 날엔, 아이스 아메리카노를 한 잔이나 두 잔쯤 더마셨다. 가을에도 아이스 아메리카노를 마셨다. 한겨울에 얼음이 가득 든 아이스 아메리카노를 마시면 치아 끝에 와 닿는 차가운 느낌 때문에 목덜미까지 소름이 오스스 돋았다.

단골이 좋은 이유는 주문을 받는 사람이 '영하 10도인데. 아침부터 웬 아이스 아메리카노?' 같은 모호한 표정을 짓지 않기 때문이다. 나는 눈이 오나 비가 오나 카페 문이 열리는 오전에 나타나 카페 구석에 앉아 365일 아이스 아메리카노를 마시는 익숙한 단골이 되었다. 그 2년 동안 바깥이 보이는 자리에서 꼼짝없이 소설을 썼다.

오후 두 시가 되면 러시아나 폴란드쯤으로 추정되는 금발 여자가 커다란 골든 리트리버를 끌고 카페에 커피를 마시러 왔다. 자신의 애견 때문에 봄이든, 겨울이든 늘 카페 테라스에서 커피를 마시던 그녀는 오후 햇볕을 쬐는 일이 하루를 시작하는 경건

쓰고, 지우고, 쓰고, 지우고, 첫 단어를 쓰고, 두 번째 단어를 쓰고, 세 번째 단
어를 쓰고, 지우고, 쓰고, 지우고, 쓰고 지우고, 쓰고, 지우고, 쓰고, 지우고,
첫 단어를 쓰고, 두 번째 단어를 쓰고, 세 번째 단어를 쓰고, 지우고, 쓰고, 지
우고, 쓰고 지우고, 쓰고, 지우고, 쓰고, 지우고, 첫 단어를 쓰고, 두 번째 단어
를 쓰고, 세 번째 단어를 쓰고, 지우고, 쓰고, 지우고, 쓰고 지우고, 쓰고, 지우
고, 쓰고, 지우고, 첫 단어를 쓰고, 두 번째 단어를 쓰고, 세 번째 단어를 쓰고,
지우고, 쓰고, 지우고, 쓰고 지우고, 쓰고, 지우고, 쓰고, 지우고, 첫 단어를 쓰
고, 두 번째 단어를 쓰고, 세 번째 단어를 쓰고, 지우고, 쓰고, 지우고, 쓰고 지
우고, 쓰고, 지우고, 쓰고, 지우고, 첫 단어를 쓰고, 두 번째 단어를 쓰고, 세
번째 단어를 쓰고, 지우고, 쓰고, 지우고, 쓰고 지우고, 쓰고, 지우고, 쓰고, 지
우고, 첫 단어를 쓰고, 두 번째 단어를 쓰고, 세 번째 단어를 쓰고, 지우고, 쓰
고, 지우고, 쓰고 지우고, 쓰고, 지우고, 쓰고, 지우고, 첫 단어를 쓰고, 두 번
째 단어를 쓰고, 세 번째 단어를 쓰고, 지우고, 쓰고, 지우고, 쓰고 지우고, 쓰
고, 지우고, 쓰고, 지우고, 첫 단어를 쓰고, 두 번째 단어를 쓰고, 세 번째 단어
를 쓰고, 지우고, 쓰고, 지우고, 쓰고 지우고, 쓰고, 지우고, 쓰고, 지우고, 첫
단어를 쓰고, 두 번째 단어를 쓰고, 세 번째 단어를 쓰고, 지우고, 쓰고, 지우
고, 쓰고 지우고, 쓰고, 지우고, 쓰고, 지우고, 첫 단어를 쓰고, 두 번째 단어
를 쓰고, 세 번째 단어를 쓰고, 지우고, 쓰고, 지우고, 쓰고 지우고, 쓰고, 지우
고, 쓰고, 지우고, 첫 단어를 쓰고, 두 번째 단어를 쓰고, 세 번째 단어를 쓰고,
지우고, 쓰고, 지우고, 쓰고 지우고, 쓰고, 지우고, 쓰고, 지우고, 첫 단어를 쓰
고, 두 번째 단어를 쓰고, 세 번째 단어를 쓰고, 지우고, 쓰고, 지우고, 쓰고 지
우고, 쓰고, 지우고, 쓰고, 지우고, 첫 단어를 쓰고, 두 번째 단어를 쓰고, 세
번째 단어를 쓰고, 지우고, 쓰고, 지우고, 쓰고 지우고, 쓰고, 지우고, 쓰고, 지
우고, 첫 단어를 쓰고, 두 번째 단어를 쓰고, 세 번째 단어를 쓰고, 지우고, 쓰
고, 지우고, 쓰고 지우고, 쓰고, 지우고, 쓰고, 지우고, 첫 단어를 쓰고, 두 번
째 단어를 쓰고, 세 번째 단어를 쓰고, 지우고, 쓰고, 지우고, 쓰고 지우고, 쓰
고, 지우고, 쓰고, 지우고…….

한 의식이라도 되는 듯 얼굴을 태양 쪽으로 바짝 돌린 채, 지나가는 사람들을 관찰했다. 금발의 여자는 여름이든 가을이든 겨울이든 겉옷을 벗어던지고 선글라스를 끼고 햇빛을 만끽했다. 안에서 보면 번쩍이는 금발 때문에 거대한 태양광 전지가 카페 의자에 놓여 있는 것처럼 보일 때도 있었다.

이름이 '미르'거나 '미류'인 그녀의 리트리버는 늘 차분히 앉아 있었다. 그리고 사람들이 자신을 바라보거나 말거나 거리를 지나가는 사람들 모두를 골고루 응시했다. 스파이처럼 보이는 반짝이는 눈동자였지만 '미르'거나 '미류'인 리트리버의 털은 나이 든 백인 여자의 푸석해진 금발머리처럼 보였고, 그것이 나는 슬펐다. 아마 그때 내가 실언당한 사람들의 이야기를 쓰고 있었기 때문인지도 모르겠다.

나는 그들을 '그러거나 말거나 커플'이라고 불렀다. 사람들이 보거나 말거나 어울리는 한 쌍이었다. 카페 주인이 그 개가 은퇴한 맹인견이라는 사실을 말해줄 때까지, 나는 미르거나 미류인 개의 나이를 전혀 짐작하지 못했다.

아기를 태운 유모차를 끌고 카페에 와서 정유정의 《7년의 밤》이나 박경철의 《시골의사 박경철의 자기혁명》 같은 책을 읽다 돌아가는 젊은 엄마들을 보기도 했다. 책을 읽을 때 일그러지는 진지한 미간과 잠들어 있는 아기를 바라볼 때의 온화한 표정은 너무 달라서, 그런 급격한 기울기를 짐작하는 동안 내 마음은 언제나 몽글몽글해졌다. 결혼했으나 아이 없는 삶에 대해 그들이 짐작하지 못하는 것처럼, 결혼해서 아이를 낳아 기르는 삶 역시 나는 잘 모른다. 가끔 내가 소설을 쓰는 일이 임신과 출산, 육아 과정과 비슷하다고 말하면, 초등학교 4학년짜리 아들을 둔 동생은 진지한 얼굴로 내게 이렇게 말했다.

"소설 쓰는 게 어떤 건지는 잘 모르겠지만, 그건 헌신이란 말을 쓸 수 있는 것과 조금 다를 것 같아. 소설을 쓰면 어쨌든 노동의 대가를 돈으로 받는 거니까. 아이를 낳아 키우는 건 헌신이거든. 희생과 헌신은 엄연히 다른 거잖아."

이런 얘길 할 때, 동생은 사뭇 진지했다. 동생에게 소설 쓰기가 노동의 크기와 비례하는 건 아니라고 말하고 싶었지만, 차마 말하지 못했다. 우리가 싸이월드에서 일촌을 맺었을 때(내 의지와 다르게 강제로 맺어졌다!) 동생의 닉네임은 '언니 같은 동생'이었다.

소설이 잘 안 써지는 비 오는 날에도 나는 카페에 갔다.

어떤 날은 그곳에서 과외 수업을 하는 고등학생 전문 과외 강사들의 이야길 듣기도 했다. 그제야 나는 그들이 말하던 "너, 광명상가 갈래?"라는 말의 진짜 뜻을 알게 되었다(광명상가는 홍제동의 '유진상가'나 대치동의 '은마상가' 같은 상가가 아니었다. 광운대. 명지대. 상명대. 가톨릭대의 줄임말이었다).

가수 김태원이 높은 앵글부츠를 신고 들어와 아메리카노를 사 가는 장면도 종종 목격했다. 그와 말 한마디 나눈 적 없지만 밤이나 낮이나 선글라스를 쓰고 있는 그에겐 깊은 연대감을 느꼈다. 친구들은 밤에도 선글라스를 끼고 나타나는 나를 '간첩' 혹은 '미친 연예인'이라고 불렀지만 그러거나 말거나 10년째 내 습관은 고쳐지지 않는다. 한 선배는 밤에도 선글라스를 끼고 나타나는 내게 '어둠에 대한 트라우마가 있을 것'이라는 소설가다운 해석을 하기도 했는데, 당시에는 딱히 그런 게 아니라는 말을 할 수 없었다. 하지만 곧 머지않아 내게 선글라스를 쓸 수밖에 없는 분명한 이유가 생겼다. 햇빛 알레르기가 생긴 것이다.

오후 네 시에 먹는 BLET 샌드위치와 아이스 아메리카노.

여름이든, 가을이든, 겨울이든, 늦은 점심 메뉴에는 변함이 없었다. 나는 늘어지거나 펄렁거리는 옷을 입고, 아이스 아메리카노를 마시며, 박지윤 1집을 들으며 밥벌이를 위해 매일 글을 썼다. 물론 내 옆자리에 앉아서 "내가 살을 못 빼는 이유는 엄마가 코스트코에서 파는 치킨 샐러드같이 맛있는 샐러드를 안 만들어줘서 그렇잖아!"라고 고래고래 소리 지르는 열네 살 소녀를 바라보는 일을 포함해서 말이다. 연예기획사의 연습생으로 들어가기엔 자신이 너무 뚱뚱하다고 주장하던 그 소녀의 목표 체중은 44킬로그램이었고, 엄마는 죽을 4가 두 개라 더 재수가 없다며 사람이라면 모름지기 50킬로그램은 되어야 한다고 마구 소리를 질렀다. "너랑 똑같이 닮은 딸 하나 낳아 죽도록 고생해봐! 그래야 내 마음을 알지!" 엄마들이 딸을 혼낼 때 쓰는 말은 어찌나 똑같은지 세대를 초월해 토씨 하나 바뀌지 않는다는 것도 알았다.

카페에서 작업을 하다 보면 많은 사람들과 마주치게 된다.

그 안에, 내가 모르는 삶들이 있다.

그런 것들이 때때로 내가 쓰고, 읽는 소설에 나도 모르게 스며든다.

어느 날은 어둡고 조용한 내 방에 들어가 블라인드를 내리고 창문을 꼭 닫아야 할 때가 있다.

하지만 '실연의 공동체'를 다룬 소설은 그런 곳에선 잘 쓰여질 것 같지 않았다.

내 짐작은 맞았다.

첫 문장을 썼던 그 카페에서 나는 마지막 문장까지 썼다.

◇◇◇◇◇◇

소설이 안 써질 때마다, 집에서 인천국제공항으로 가는 공항버스를 탔다. 커다란 샘소나이트 여행용 트렁크를 옮기는 여행자나, 플라이트 백을 든 비행 승무원들이 종종 같은 버스를 탔다. 승무원의 푸른색 제복과 비행기 꼬리처럼 하늘로 살짝 치켜세워진 스카프를 보면 어쩐지 기분이 좋아졌다. 구김 하나 없는 단정한 제복이 언제나 내게 웃으며 'Enjoy Your Flight'라고 속삭이는 것 같았으니까.

차곡차곡 쌓인 여행용 트렁크가 덜컥대는 공항버스 안. 커튼이 열린 창문 사이로 조각난 채 이어지는 매끈한 고속도로를 보며 산울림의 〈너의 의미〉나 〈회상〉을 들었다. 내가 쓴 소설 속 주인공처럼 영종도의 밀물이 만들어낸 작은 봉분처럼 생긴 진흙 뻘을 바라보기도 했다. 누군가와 헤어진 사람들이 갖는 우울감에 대해 생각하면서. 뭐가 가장 힘드냐고 물어봤을 때, 주저 없이 '연애!'라고 말했던 시간들을 떠올리면서 말이다.

2년의 시간 동안, 비행 승무원과 기업 교육 강사가 주인공인 연애소설을 썼다. 지독한 사랑을 겪고 실연을 경험했기 때문에 누군가의 내면 풍경이 너무나 잘 보이게 된 남자와 여자의 이야기였다. 주요 배경은 서울. 세상의 도시에 흩어진 호텔들. 후쿠시마 원전 사고 이후의 불안한 도쿄. 그리고 인천국제공항.

오랫동안 누군가를 사랑할 때 설레는 마음을 잊고 살아왔었다. 나는 아주 오래전 기억들을 더듬으며 상심에 빠졌다. 열정적인 사랑과 관련된 세포들이 내 안에서 모두 사라진 것일까. 시간이 주는 단단한 굳은살들. 열병처럼 앓았던 사랑의 감각들이 소실됐기 때문에 소설을 쓰는 내내 그때의 감각을 불러들이기 위해 나는 먼 시간 속으로 끝없이 돌아가야 했다.

불현듯 내뱉은 그의 말에 멍해지는 시간. 그녀의 문자메시지 한 통 때문에 하루의 대부분이 지옥으로 뒤바뀌는 순간. 몇 분 단위로 천국과 지옥이 뒤바뀌는 균열된 시간의 지축들. 그가 무심히 내보내는 행동의 의미를 읽기 위해 온몸의 더듬이를 세우는 살 떨리는 집중의 시간. 어떻게 하면 더 좋아할 수가 있을까가 아니라, 어떻게 하면 덜 좋아할 수 있을까를 고민하는 순간들. 그 사람을 생각하다가 세워놓은 입간판에 머리를 부딪치고, 반대편 버스를 타고, 음식을 먹다가 혀를 깨무는 시간을 묘사하면서 나는 사라진 감각을 되살리기 위해 허기진 눈을 번뜩였다.

아침을 굶고 샷이 추가된 아메리카노를 두 잔쯤 마시면 언제나 찌르르한 전기가 뱃속을 가득 채웠다. 위장이 아우성쳤다. 실연당한 아픈 사람들의 이야기였으므로 예민해지지 않으면 한 줄도 글이 써지지 않았다. 나는 상처뿐인 사랑에 빠진 주인공 윤사강처럼 아픈 사람들의 뒷모습을 보기 위해 안간힘을 썼었다.

인간이 외로운 건 일평생 자신의 뒷모습을 보지 못하기 때문이라고 생각한 적이 있었다. 모든 살아 있는 것들의 외로움은 바로 그것에서부터 시작된 것이라고. 자신의 뒷모습을 볼 수 없는 존재가 두려움 없이 자신의 어둠을 응시할 리 없다. 아무리 보려 해도 볼 수 없는 뒷모습 같은 진실과 마주치려면, 목이 꺾이는 죽음을 각오한 채 맹렬한 두려움과 맞서야 한다. 어린 시절 그녀가 느꼈던 고독이 그에게로 기울어 흘러가는 것이 보였다. 그가 느꼈을 외로움이 사강의 늑골 쪽으로 쏟아져 내리고 있었다. 사강은 그의 가슴에 기대어 울고 싶었다. 하지만 만약 지금 운다면, 그에게 지금 흘리는 눈물의 의미를 설명할 수 없었다. 설명할 수 없는 감정을 설명하고, 이해할 수 없는 슬픔을 이해하고, 돌이킬 수 없는 마음을 돌이켜야 하는 것이 그녀의 심장을 아프게 두들겼다.

백영옥, 《실연당한 사람들의 일곱 시 조찬 모임》, 아르테, 2017

소설을 쓰는 동안 자주 공항으로 가는 버스를 탔다. 떠나지 않을 사람이 당장 떠날 것처럼. 가야 할 도시를 내 멋대로 정했다. 어느 날은 뉴욕. 어느 날은 오슬로. 어느 날은 먼 남아프리카 공화국의 케이프타운 같은 곳으로. 공항에 내려 어디로 가는 비행기를 타야 할까 정말 떠날 사람같이 전광판을 주의 깊게 살펴보기도 했다. 노스웨스트 에어라인. 핀에어. 대한항공의 노선지를, 의미 없어 보이는 기호들을 읽어 내려갔다.

　실연당한 여자의 모습으로 공항 터미널 3층에 내려 비행기가 보이는 라운지의 의자에 앉아 커피를 마셨다. 몇 잔인지 모를 커피를 마시면서 어디론가 떠나려는 사람들을 바라봤다. 공항에서 작별하기 전, 사람들의 얼굴은 심드렁하지 않아 늘 보기에 좋았다. 어떤 사람들은 취한 듯 서로의 눈을 가만히 응시하고 있었다. 방금 전까지 회복될 수 없을 것 같은 문장을 써내려가던 나까지 심장이 두근댈 만큼. 탑승동이 보이는 카페에서 바라본 누군가는 아득할 만큼 깊게 허리가 꺾였기 때문에, 나는 그것이 사랑하는 사람과의 키스가 아니면 도저히 나올 수 없는 여자의 몸이 가진 내밀한 각도라고 생각했다. 공항에서만큼은 세상이 아름다워 보였다. 그래서 이곳에 앉아 사람들을 바라보면서 쓰지 못한 몇 개의 문장에 마침표를 찍었다.

　공항에서 나는 소설 속 주인공처럼 이륙을 준비 중인 비행기와 항공 승무원들을 관찰했다. 그들 대부분이 스마트폰을 바라보고 있었기 때문에 나는 단정하게 올린 그들의 반듯한 이마를 볼 수 있었다. 어떤 비행기가 '보잉'이고, 어떤 비행기가 '에어버스'인지를 구별하는 건 생각보다 쉽지 않았다.

이번 소설을 쓰기 위해 만난 조종사는 '에어버스 330'을 조종하는 파일럿이었다. 어마어마하게 큰 기종의 비행기를 모는 사람이 '그'가 아니라 '그녀'였다. 비행기를 타는 동안 한 번도 여자 파일럿의 안내 멘트를 들어본 적이 없었다. 아무 생각 없이 창문을 바라보고 있는데 기장 멘트를 하는 낭랑한 여자의 목소리를 듣게 된다면, 나는 아마도 그녀를 생각할 것 같다. 다시 태어난다면 이런 일을, 거대한 비행기를 조종하는 것 같은 한 번도 상상해보지 못한 일들을 하게 되면 좋을 것 같았다. 그녀는 이제 에어버스 380을 탄다.

공항에서 집으로 돌아가는 버스 안에선 마음이 섬처럼 가라앉았다.

공항을 지나니 창밖은 이미 어두워져 있었다. 어둠 때문에 버스 창문에 비친 내 얼굴은 거울처럼 또렷했다. 창문을 통해 반사된 얼굴은 늘 생경하고 낯설었다. 버스가 어둑한 영종도를 지나 네온사인이 반짝이는 서울 도심에 다가서자 얼굴은 조금씩 지워지고 희미해졌다. 나는 어서 어두운 내 방에 도착하길 바랐다.

그런 거였다.

어쩌면 소설을 쓴다는 건 이미 800매를 넘게 썼는데도, 이 소설이 아직 시작조차 되지 않았다는 사실을 집으로 돌아가는 공항버스 안에서 매번 깨닫는 일. 잘 써볼 수 있겠다는 희망을 가지고 출발한 인천공항행은 대부분 절망으로 끝났다. 그래도 어

곧, 어른의 시간이 시작된다

쩔 수 없이 글이 써지지 않는 어떤 날엔, 떠날 수 없음을 알면서도 떠나기 위해 내가 이 버스에 오르리라는 걸 알았다.

2011년은 내게 그런 해였다. 무언가로부터 실연당하거나, 어떤 것을 상실한 사람들과 함께한 365일. 공항에서 어떤 도시로 떠나는 비행기 티켓도 없이 헤맨 건 나였다. 나는 내 주인공 모두를 머릿속에 넣고 그들과 함께 유령처럼 인천공항을 배회했다. 그곳에서 사제를 만났다면, 화장실이 아니라 결국 이런 걸 물었을 거다.

전 뭘 써야 하죠? 어떻게 해야 제대로 된 소설을 쓸 수 있을까요? 전 언제쯤에야 제 소설을 진심으로 좋아하게 될까요?

곧
어른의 시간이 시작된다

죽음을 생각할 때 떠오르는 이미지가 있다. 그것은 언제나 백발이 성성해진 허리 굽은 노인의 모습과 함께 시작된다. 평생을 살았던 동네의 사진관에 들어간 노인이 액자의 먼지를 닦고 있는 사진관 주인에게 이렇게 말하는 것이다. "저기, 사진 한 장 찍으십시다. 예쁘게 찍어줘요. 내 영정사진으로 쓸 거니까요." 단지 상상뿐인데도 그 장면만 생각하면 자꾸 마른 낙엽이 바스라져 흔적 없이 사라지는 소리들이 들린다.

곱게 늙은 노인의 얼굴이 담긴 사진 프레임을 상상하면서, 나는 스스로의 죽음을 준비하는 어른의 삶이란 이런 모습일 것이라고 생각하곤 했었다. 좋은 죽음을 준비하는 사람의 삶이 나쁠

리 없다고 믿는 건 내 오랜 편견일 테지만, 적어도 '죽음'을 받아들이는 삶이란 언제나 '삶' 쪽에 더 가까이 있다고 믿기 때문이다. 시작보다 언제나 끝이 더 중요하다. 좋은 만남보다 좋은 이별이 어른의 삶에 가깝듯.

바로 이런 장면이 허진호 영화감독의 〈8월의 크리스마스〉에 등장한다. 나이 든 아버지에게 작은 사진관을 물려받은 삼십 대 중반의 '정원'은 시한부 인생을 살고 있다. 너무 젊은 나이에 죽음과 대면하게 된 이 남자는 어느새 죽음을 받아들일 준비가 돼버린 얼굴이다. 어떻게 그럴 수가 있는지 나로선 상상도 할 수 없지만 그의 얼굴은 물처럼 담담하다.

그의 곁에는 자식을 먼저 보내게 될 나이 든 아버지와 가끔 집에 들러 오빠와 아버지를 들여다보는 결혼한 여동생 정숙이 있다. 늙은 아버지에게 비디오 리모콘 작동법을 가르쳐주던 어느 날, 리모콘 작동법을 몰라 몇 번이고 실수하는 아버지에게 버럭 화를 낸 그는 자신의 죽음이 남겨진 사람들에게 어떤 의미로 다가올지 몰라, 남몰래 흐느낀다.

그러던 어느 날 주차단속원인 '다림'이 정원의 사진관에 나타난다. 생의 활기가 느껴지는 밝고 젊은 그녀. 다림은 매일 같은 시간에 사진관 앞을 지나고, 단속한 차량의 사진을 정원의 사진관에 맡기면서 어느새 사진관 벽에 걸린 그림처럼 오롯이 사진관 속 풍경이 되어간다. 그곳에서 낡아서 털털대는 선풍기 바람을 맞고, 꾸벅대며 짧은 낮잠을 자고, 물끄러미 턱을 괸 채 사진관 밖 풍경을 보기도 하면서 말이다. 그녀는 정원에게 조금씩 마음을 열어 보이고 이들의 데이트가 시작된다.

시한부 삶을 사는 남자와 그를 아저씨라 부르는 젊은 여자의 사랑이 평탄할 리 없다. 정원의 건강 상태를 모르는 다림은 그가 쓰러져 병원에 실려 갔다는 사실도 모른 채 문 닫힌 사진관을 맴돌며 그를 원망한다. 서서히 그들은 엇갈려 멀어지고, 정원은 죽음을 앞둔 어느 날 스스로 자신의 영정사진을 찍기 위해 카메라 앞에 앉는다.

"내 기억 속의 무수한 사진들처럼 사랑도 언젠가 추억으로 그친다는 것을 난 알고 있었습니다. 하지만 당신만은 추억이 되질 않았습니다. 사랑을 간직한 채 떠날 수 있게 해준 당신께 고맙다는 말을 남깁니다"라는 마지막 말과 함께.

군산의 한 창고를 개조해서 만들었다는 '초원 사진관'은 지금은 관광 명소가 되었지만, 10년 세월 동안 문이 닫힌 채 오래도록 자리만 남아 있었다. 아이들이 뛰어놀던 군산 서초등학교나, 낮게 깔린 툇마루에 앉아 발톱을 깎고 먼 풍경을 바라보던 정원의 군산 집은 너무 평온해서 시간이 우물처럼 고여서 정지해버린 느낌이다. 그것은 "좋은 앵글은 없다. 다만 나쁜 앵글은 있다. 그건 작위적인 것이다"라고 믿는 1935년생 촬영감독의 한결같은 고집과, '넣을 것'이 아니라 늘 '뺄 것'을 생각했던 한 젊은 감독의 고집이 만들어낸 가감 없는 풍경들이었다.

오랫동안 내게 군산은 늘 '이성당'이 있는 동네로 기억됐었다. 아마도 그곳에서 먹던 옛날 팥빵의 맛이 그리웠기 때문인지도 모르겠다. 군산은 '복성루'의 도시이기도 했다. 그곳의 고기

짬뽕을 먹기 위해 긴 줄 서기를 한 번도 망설이지 않았던 까닭이다. 이 영화를 본 후, 군산은 '초원 사진관'의 도시가 됐다. 한때 사진관 자리만 남아 없어지고, 그 옆에는 '8월의 크리스마스'라는 이름의 술집이 있기도 했지만……. 나는 눈에 보이지 않는 풍경들 속에서도 낡아가는 시간의 주름들을 본다. 그리고 생각한다. 눈에 보일 리 없는 것들이 눈에 보이고, 귀에 들릴 리 없는 것들이 들리기 시작하면, 곧 어른의 시간이 시작된다는 것을.

허진호 감독의 인터뷰 기사를 읽다가 이 영화가 한 장의 사진에서 시작됐다는 문장을 발견했다. 활짝 웃고 있는 가수 김광석의 영정사진이었다. 한 장의 사진에서 출발할 수도 있는 것이 영화고, 연극이고, 소설이라는 점에 나는 문득 아득함 같은 걸 느꼈다. 그리고 어느새 영화 〈8월의 크리스마스〉의 원래 제목이었던 황동규의 시 〈즐거운 편지〉를 중얼거렸다.

내 그대를 생각함은
항상 그대가 앉아 있는 배경에서
해가 지고 바람이 부는 일처럼 사소한 일일 것이나
언젠가 그대가 한없이 괴로움 속을 헤매일 때에
오랫동안 전해오던 그 사소함으로 그대를 불러보리라

진실로 진실로 내가 그대를 사랑하는 까닭은
내 나의 사랑을 한없이 잇닿은
그 기다림으로 바꾸어 버린 데 있었다

밤이 들면서 골짜기엔 눈이 퍼붓기 시작했다

내 사랑도 어디쯤에선 반드시 그칠 것을 믿는다

다만 그 때 내 기다림의 자세를 생각하는 것뿐이다

그 동안에 눈이 그치고 꽃이 피어나고 낙엽이 떨어지고

또 눈이 퍼붓고 할 것을 믿는다

황동규, 〈즐거운 편지〉

불행해지지 않는 게 아닌,
행복해지는 삶에 대하여

내가 인천에 처음 가본 것은 기억도 까마득한 초등학교 시절이었다. 대학생이던 삼촌의 친구들과 함께 그곳에 있는 작약도라는 섬에 가려고 했었다. 처음으로 배를 타고 섬에 간다는 생각에 전날 잠을 설칠 정도로 설렜다. 그러나 결국 섬에 가지는 못했다. 섬에 들어가는 배를 타려면 당시에는 주민등록증이 있어야 했는데, 삼촌은 주민등록증을 가지고 가지 않았다. 1982년의 일이었다.

소설가 박민규는 1982년도를 "37년 만에 야간통행금지가 해제되고, 중·고생의 두발과 교복자율화가 확정됨은 물론, 경남 의령군 궁유지서의 우범곤 순경이 카빈과 수류탄을 들고 인근

네 개 마을의 주민 56명을 사살, 세상에 충격을 준 한 해"였고, "건국 이후 최고 경제사범이라는 이철희·장영자 부부의 거액 어음사기 사건과 비운의 복서 김득구가 미국 라스베이거스에서 벌어진 레이 '붐붐' 맨시니와의 WBA 라이트급 타이틀전에서 사망한" 유달리 복잡한 한 해였다고 기억했다.

무엇보다 그의 기억 속의 1982년은 프로야구가 출범한 해였는데, 그것은 훗날 그의 소설에 제목으로 등장하는 '삼미 슈퍼스타즈'가 창단된 해이기도 하다. 어떤 사람들에게 1982년은 분명 야구를 위한, 야구에 의한, 야구의 해다. 서울에서 태어난 내가 단지 엄마 아빠의 고향이 충청도라는 이유로 졸지에 '오비 베어스'의 팬이 되기로 결심한 해이기도 했다. 그해 오비는 우승을 했고, 내 기억 속의 야구 영웅 박철순은 프로야구 사상 첫 만장일치 MVP가 되었다.

영화 〈머니볼〉을 보고 난 후, 잊혀졌던 《삼미 슈퍼스타즈의 마지막 팬클럽》을 떠올렸다. 야구를 소재로 삼았다는 걸 빼고 나면 딱히 공통점이랄 것도 없는데 말이다. 사실 브래드 피트가 나오는 영화 〈머니볼〉은 축적된 노하우나 경험이 아닌 철저히 과학과 데이터만으로 프로야구를 새롭게 해석한 영화이고, 박민규의 소설 《삼미 슈퍼스타즈의 마지막 팬클럽》은 순수한 아마추어리즘을 표방하며 '치기 힘든 공은 치지 않고, 잡기 힘든 공은 잡지 않는다'라는 주제를 관통한 소설이다. 전혀 결이 다른 이야기인 셈이다.

물론 이 둘 사이의 공통점이 아예 없는 건 아니다. 슈퍼맨을 마스코트로 삼았던 '삼미 슈퍼스타즈'는 알다시피 우리나라 프로야구 역사상 최악의 승률을 자랑하는 만년 꼴등 팀. 〈머니볼〉의 주인공 역시 돈이 없어 툭하면 팀의 에이스를 빼앗기는 가난한 구단 '오클랜드 애슬레틱스'의 야구팀 단장. 하지만 〈머니볼〉의 빌리는 기존의 선수 선발 방식과는 전혀 다른 파격적인 '머니볼' 이론을 따라 선수들을 기용한다. 야구의 형식을 새롭게 바라보는 한 남자의 결단은 그렇게 수비와 공격 장타율 모두가 완벽한 팔방미인 에이스 한 명 대신 그를 보완해줄 세 명의 선수를 찾는 좌충우돌 모험으로 강행된다.

팔꿈치가 너덜대도록 망가져 공을 못 던지지만 출루율이 높은 선수, 스트립 클럽의 단골로 사생활이 문란하고 타구를 잘못 잡지만 사사구를 잘 보는 선수, 투구 폼이 황당하게 웃기단 이유로 팀에서 배제당했지만 쓸 만한 구원투수의 가능성이 높은 선수……. 나이, 우스꽝스런 외모, 더러운 성격 때문에 광대, 또라이, 등신이라 불리며 평가절하된 오합지졸 선수들을 그는 한꺼번에 모은다.

나는 미국의 오클랜드를 잘 모른다. 미국 야구에 대해서라면 더더욱 그렇다. 하지만 삼미 슈퍼스타즈와 인천이라면 얼마쯤 알고 있다고 말할 수 있다. 1990년대 중반에 대학을 다닌 내게 인천은 '월미도'와 '차이나타운'의 도시였다. 인천 시장을 뽑던 2010년 내 기억 속의 인천은 '수능 꼴찌! 재정 꼴찌!'를 부르짖던 민주당 시장 후보의 캐치프레이즈처럼 뭔가 단단히 꼬여 있는 도시였다. 하지만 무엇보다 1982년의 인천은 프로야구 구단 '삼미 슈퍼스타즈'의 도시였다.

팀 최다 실점, 시즌 최소 득점, 1게임 최다 피안타, 팀 최다 홈런 허용, 최다 사사구 허용, 시즌 최다 병살타 기록 등 앞으로 쓰게 될 실패의 기록들은 프로야구 역사상 단 한 번도 깨지지 않았다.《삼미 슈퍼스타즈의 마지막 팬클럽》은 꼴등 팀 '삼미 슈퍼스타즈'의 어린이 회원이었던 내가 상식을 초월한 만년 꼴찌 야구팀과 함께하며 인생의 새로운 진리를 알아간다는 내용을 담고 있다.

자신에게 일어난 모든 문제의 원인이 자신이 꼴찌 팀 삼미를 응원한 사실에 기인한다고 믿게 된 '나'는 꼴찌를 탈출하기 위해 열심히 공부해 명문대에 진학한다. 하지만 결국 IMF 여파에 밀려 구조조정의 희생양이 되고, 이혼까지 당한다. 실직의 충격에서 벗어나지 못하던 내게 한때 삼미의 열혈한 팬이었던 친구 조성훈이 나타나면서, 그는 한때 자신이 부인하고 증오했던 삼미 스타일 야구에서 큰 통찰을 얻는다.

전부가 속았던 거야. '어린이에겐 꿈을! 젊은이에겐 낭만을!' 이란 구호는 사실 '어린이에겐 경쟁을! 젊은이에겐 더 많은 일을!' 시키기 위해 만들어졌다고 보면 돼. 우리도 마찬가지였지. 참으로 운 좋게 삼미슈퍼스타즈를 만나지 못했다면 아마 우리의 삶은 구원받지 못했을 거야. 삼미는 우리에게 예수 그리스도와도 같은 존재지. 그리고 그 프로의 세계에 적응하지 못한 모든 아마추어

곧, 어른의 시간이 시작된다

들을 대표해 그 모진 핍박과 박해를 받았던 거야. 이제 세상을 박해하는 것은 총과 칼이 아니야. 바로 프로지! 그런 의미에서 만약 지금의 세상을 구원하기 위해 다시 한 번 예수가 재림한다면 그것은 분명 삼미슈퍼스타즈와 같은 모습일 것이라고, 나는 생각해…….

박민규, 《삼미 슈퍼스타즈의 마지막 팬클럽》, 한겨레출판, 2020

꼴찌 야구팀에서 예수의 모습을 보는 사람이라면 우리는 그를 야구 광이라 불러 마땅할 것이다. 요기 베라 같은 야구 선수는 '야구는 끝날 때까지 끝난 게 아니다'라는 불후의 명언을 남겼지만 박민규는 "치기 힘든 공은 치지 않고, 잡기 힘든 공은 잡지 않는다"라는 희대의 문장을 남겼다.

〈머니볼〉과 관련된 기사를 검색하다가 〈씨네21〉에서 야구의 운동성과 관련된 영화평론가 남다은의 글을 읽었다.

야구를 잘 모르는 나도 아는 게 있다. 홈런을 쳐본 타자라면, 그 공이 담장을 넘어갈지를 공을 친 순간 어느 정도는 감각적으로 알 것이다. 그들은 자신이 친 공의 행로를 쳐다보면서 여유롭게 베이스를 돈다. 내가 본 그 누구도 전력질주를 하던 중, 홈런을 쳤다는 사실을 뒤늦게 알아채는 경우는 없었다. 어느 날인가, 야구를 잘 아는 친구에게 이대호는 저렇게 체격이 커서 잘 뛰지 못하겠다는 걱정을 무식하게 늘어놓자, 그는 아주 간단하게 답했다. '괜찮아, 이대호는 홈런을 치니까.' 야구가 인간이 공과 경쟁하는 유일한 스포츠라는 누군가의 말을 따른다면, 이대호는 경쟁을 시작하자마자, 공을 이겨버리는 선수다. 하지만 위의 저 2군 선수는 경쟁을 시작하자마자, 경쟁의 루트를 벗어나버린다. 그는 공을 때린 순간, 무모하게도 공을 볼 생각도 않고 뛰기 시작한다. 그에겐 홈런의 경험이 없을 것이며, 베이스에 도착해야 한다는 생각만이 가득했을 것이다. 공의 흐름을 읽을 수 있어야만 선수가 자신의 운동을 멈춰야 할 장소를 알 수 있는 야구에서, 이 남자의 태도는 공에 대한 장악 능력을 완전히 잃어버린 자의 한심한 것이다.

그러다가 이 문장에 밑줄을 그었다.

공의 움직임을 보지도 않고 달리기 시작한 남자는 분명 노련한 선수는 아니지만, 그때, 우리는 공의 운동과 상관없이, 공이 떠난 자리에서 인간이 창피함과 외로움을 무릅쓰고 즉각적으로 행동을 선택해야만 하는 야구의 어떤 세계를 본다.

한 선수가 있는 힘을 다해 1루를 향해 달려간다. 몸집이 크고 뚱뚱한 이 남자는 달리던 관성을 이기지 못하고 뒤뚱거리다, 결국 1루에서 꽈당 넘어지고 만다. 하지만 관중석에 앉아 있던 사람들은 모두 그를 향해 소리를 지르며 환호한다. 남자는 뒤늦게 자신이 친 볼이 담장을 훌쩍 넘어갔다는 걸 안다. 홈런인 것이다!

곧, 어른의 시간이 시작된다

때때로 우리는 자신이 이룬 것이 무엇인지 모른 채 달린다. 그런 면에서 야구란 언제든 삶의 축소판이 될 수 있다. 그것은 애틀랜틱스와 삼미 슈퍼스타즈라는 만년 하위 팀의 이름과는 하등 상관없는 야구 그 자체의 매혹이다.

내가 다시 인천의 작약도에 간 건 대학을 다니던 1990년대였다. 1982년 초등학생이었던 내가 저 먼 곳의 아득한 섬이었다고 생각한 작약도는 배로 10분도 안 걸리는, 바다 바로 앞에 붙어 있는 너무나 작은 섬이었다. 그곳에서 나는 '꿈과 환상의 섬 작약도'라고 쓴 푯말을 바라보았다. 푯말 곳곳에는 녹이 슬어 있고, 죽은 벌레의 사체가 낀 거미줄이 이리저리 엉켜 있었다.

◇◇◇◇◇◇

나는 더 이상 '꼴찌에게 박수를!' 따위의 말을 믿을 만큼 순진하지 않다. '꿈은 반드시 이루어진다'라는 말 역시 믿지 않는다. 누군가의 꿈이 꼭 위대한 작가나 홈런왕이어야 한다고 생각하지도 않는다. 내가 이십 대와 삼십 대에 걸쳐 쓴 인생의 오답 중에는 이런 것들이 있다. 세상엔 죽도록 노력하면 이루어지는 꿈도 있다. 하지만 대부분은 좌절된다. 하지만 내가 쓴 틀린 답을 조금씩 고쳐 나가며 사십 대에 이르러 마침내 꺼낼 수 있는 이야기 속에는 이런 것들도 있다.

그렇기 때문에 우리는 허황된 것이 아니라 지금 우리가 할 수 있는 것들에 대해, 우리의 삶을 조금 더 행복한 쪽으로 바꾸기 위한 것들을 고민해야 한다. 중요한 건 불행하지 않은 쪽이 아니라, 행복해지는 쪽을 선택하는 것이다. 더 나아가 세상엔 '행복' 이외에 '다행'이 있다는 걸 발견해내야 한다. 행복이 어딘가로부터 오는 게 아니듯, '다행' 역시 끝없이 찾아내는 일에 가깝다는 걸 말이다. 삶을 다행으로 여기는 사람에게 행복은 더 이상 옵션이 아니다.

그렇게 위대한 작가 뒤엔 그를 발견해내는 훌륭한 독자가, 역사에 남을 홈런왕 뒤엔 그를 향해 환호하는 행복한 관중들이 있어야 한다는 걸 깨달아야 한다. 야구를 못하는 아이에게 진짜로 노력하면 잘할 수 있어, 라고 말하기보단 넌 노래를 정말 잘하잖아, 라고 말해줄 수 있어야 한다.

행복과 불행 사이의 다행.
삶의 균형은 그 사이를 오가며 맞추어진다.

사물이 거울에 보이는 것보다 더 가까이 있는 것처럼, 삶의 행복이나 진실도 우리가 생각하는 먼 곳에 있는 거창한 것이 아닐지도 모른다. 비록 우리가 1할 2푼 5리의 승률로 살아간다 하더라도.

곤,
어른의
시간이
시작된다

1판 1쇄 발행 2021년 6월 3일
1판 2쇄 발행 2021년 6월 24일
지은이 백영옥
발행인 오영진 김진갑
발행처 나무의철학
기획편집 박수진 박민희 진송이 박은화
디자인팀 안윤민 김현주
마케팅 박시현 박준서 김예은
경영지원 이혜선 임지우
출판등록 2006년 1월 11일 제313-2006-15호
주소 서울시 마포구 월드컵북로5가길 12 서교빌딩 2층
독자 문의 midnightbookstore@naver.com
전화 02-332-3310 **팩스** 02-332-7741
블로그 blog.naver.com/midnightbookstore
페이스북 www.facebook.com/tornadobook
ISBN 979-11-5851-216-3 (03810)